Else Becker-Holzbrecher
Blicke vom Balkon

Else Becker-Holzbrecher, Jahrgang 1949 aus Oberhausen, studierte in Tübingen Germanistik und Geschichte, ist nach einem Vierteljahrhundert Lehrertätigkeit an einem Berufskolleg im Rheinland seit ein paar Jahren in Freiburg gelandet und seit zwölf Jahren stolze Oma des besten Enkels der Welt. Sie gehört zum Typus der passionierten Frankreichurlauber und Genießer südlicher Lebensart, zu deren Lieblingsbeschäftigung gehört, im Café zu sitzen, die Menschen zu beobachten und sich Geschichten zu ihnen auszudenken: Es könnte so – aber auch ganz anders sein.

Reinhild Margarita von Brunn, Jahrgang 1947 aus Stuttgart, lebt zur Zeit in Santiago de Chile. Illustrieren gehört zu ihren schönsten Liebhabereien. Ihr wurde schon als Kleinkind ein Stift in die Hand gedrückt, um sie ruhig zu halten. Umsonst: Sie widmete sich nach dem Philologiestudium der Erziehung von drei Söhnen, dann dem Lokaljournalismus in Kairo und im Taunus, elf Jahre lang der Fach-Werbung bei Siemens und Braas in Frankfurt, später dem Aufbau von kommunalen Museen in Bolivien und im Augenblick der Kunst und Museographie.

Else Becker-Holzbrecher

Blicke vom Balkon

Sternwald Verlag

Die Deutsche Bibliothek – CIP-Einheitsaufnahme
Else Becker-Holzbrecher: Blicke vom Balkon
Freiburg: Sternwald Verlag, 2007
ISBN: 978-3-981170801

© 2007, Sternwald-Verlag, Freiburg
Hans-Albert Stechl
Sternwaldstraße 26
79102 Freiburg
Tel. (07 61) 3 14 14
Fax (07 61) 2 43 02
Internet: www.sternwaldverlag.de

Alle Rechte vorbehalten

Grafiken: © Reinhild Margarita von Brunn
Gesamtherstellung: fgb · freiburger graphische betriebe 2007

Inhalt

Die Bar oder warum Monsieur Luc
ein Frauenbein braucht
7

Vampire
15

Helmut
29

Monsieur Lucs Kummer
44

SMS – Lyrik
56

Berufliche Veränderung
63

Der Musikus
75

Bach
102

Das Jazzkonzert
114

Der Musikus (2)
122

Die Bar oder warum Monsieur Luc ein Frauenbein braucht

Zuerst war Nadines Mann auf den Golfplatz gezogen, wo er in Zukunft leben wollte. Sein Pick-up reichte ihm als Wohnstatt; er wollte nur seine Ruhe haben, er wollte das Gras wachsen hören, seinen Hunden beim Faulenzen zusehen und seinen Pferdeschwanz wachsen lassen.

Ihr Sohn trieb dem Wahnsinn entgegen. Wenn er seine Bar aufschließen wollte, war sie schon da. Klingelte das Telefon und wollte er gerade in der Bar zum Hörer greifen, war ihr „J'arrive" laut über den Platz zu vernehmen. Die schier unerschöpfliche Aktivität seiner Mutter ließ ihn erlahmen und veränderte ihn so, dass er sich im Spiegel oft nicht erkannte.

Aber nun hatte es sie erwischt. Ohne Vorwarnung war sie umgefallen, mitten in die von ihr am Vormittag selbstgemachte Süßspeise, die auf dem Tisch eines holländischen Paares stand.

Sie bewegte sich nicht mehr. Der am Ort ansässige Arzt, der schon viele Dorfbewohner ins Leben zurückgeholt hatte, war machtlos. So legte man sie in eine Hängematte, die ihr Sohn zwischen den beiden Olivenbäumen am Rande des Platzes befestigt hatte.

Ihr Sohn hielt es für seine Pflicht, seine Mutter zu pflegen. Im Sommer kleidete er sie in Seidenhemdchen und achtete darauf, dass sie genug trank. Im Winter deckte er sie mit Schaffellen zu und flößte ihr warme Hühnerbrühe ein. In der Bar sah man ihn selten, und irgendwann kam keiner mehr. Es war nicht nur im Winter still, sondern auch im Sommer. Und das war ungewöhnlich.

Die Frau saß auf ihrem Balkon und sah auf den menschenleeren Platz, blickte zur Bar hinüber, die geöffnet war, aber in die sich keiner mehr verirrte.

Plötzlich wusste sie, dass sie die Pflicht hatte, diese Bar wieder zu dem zu machen, was sie einmal gewesen war: Mittelpunkt des Dorfes und Anziehungspunkt nicht nur für die Touristen. Zwar war sie eine Fremde, eine Zugezogene; sie wusste, dass es nicht leicht sein würde. Aber sie hoffte, dass dann, wenn die Bar wieder die Leute anlockte, Nadines Sohn aus seiner Starrheit, die sich als Folge seiner übertriebenen Fürsorge und Pflege entwickelt hatte, erwachen und die Bar wieder übernehmen würde. Dann könnte sie mit ihrem Mann auf dem Balkon sitzen und zufrieden auf die Bar hinabsehen.

Aber noch war es nicht so weit. Er fand die Idee erst gar nicht gut, dachte er doch an seinen nicht besonders gut dotierten, aber dafür äußerst interessanten Posten auf einer Aufzuchtstation für tibetanische Graugänse. Aber die übergroße Liebe zu seiner Frau bewog ihn schließlich, seinen Arbeitsplatz einem inkompetenten, aber aufstiegsorientierten Mitarbeiter zu überlassen.

Also übernahmen sie die Bar einschließlich dem etwas fragwürdigen Interieur: eine Melange von Tischen aus Plastik, Blech und Holz, durchgesessene Stühle ohne Zukunft, ein Herd, der durch Streik sein Recht auf kürzere Arbeitszeiten immer wieder einklagte. Geschirr und Besteck betrachteten sie lieber nicht so intensiv.

Sie kochten leckere Speisen, die sie so auf den Tellern verteilten, dass man die Risse im Porzellan nicht sah, und kredenzten einen derart ehrlichen Wein, dass das Glas zur Nebensache wurde.

Die ersten Gäste kamen, auch um sich die Fremden anzusehen, die so lustig die für sie ungewohnte Sprache gebrauchten. Über Arbeit konnten die beiden nicht klagen, trotzdem merkten sie, dass irgendetwas fehlte. Obwohl sie nicht singen konnte und ihm die Kunst, die Gitarre zum Klingen zu bringen, verloren gegangen war, blieb das Gefühl, dass noch nicht alles stimmte.

Da fiel ihnen plötzlich Monsieur Luc ein, ihr seltsamer Nachbar, in dessen Badewanne ein Krokodil wohnte. Fast wöchentlich erhielt er Besuch von der Polizei oder den Hütern des Tierschutzes, aber nichts konnte man ihm anlasten, was ausgereicht hätte, ihm sein Kroko zu entziehen. Artgerecht lebte es in seiner Badewanne und träumte gemeinsam mit Monsieur Luc von einem Zusammenleben mit vielen anderen Krokodilen.

Unermüdlich führte Monsieur Luc Verhandlungen mit den Betreibern des nahegelegenen Atomkraftwerkes um die Nutzung des erwärmten Flusswassers. Dieses sollte das riesige Krokodilhaus, das er noch bauen wollte, durchlaufen und den Krokodilen vorgaukeln, sie lebten im Nil.

Ein kleines Grundstück neben dem Kraftwerk hatte Monsieur Luc schon erworben, aber im Moment waren die Verhandlungen ins Stocken geraten, und so saß der Nachbar manchmal mit leicht hängendem Kopf in der Bar vor seinem Kaffee und überlegte sich neue Argumente, mit denen er die Betreiber endlich für seine Sache gewinnen wollte.

Wie wäre es denn, wenn Monsieur Luc ab und zu sein Kroko an der Leine über den Platz führen würde? Die Damen würden grell aufkreischen, die Herren würden zum Schutz selbiger todesmutig zu ihren Taschenmessern greifen..

Wenn das Kroko dann, erschöpft und glücklich, den langen Weg um den Platz geschafft zu haben, wieder in seine Badewanne steigen würde, würden die Gäste klatschen, vor Erleichterung viel Wein bestellen und weitere Gäste durch ihre Erzählungen anlocken.

Monsieur Luc war einverstanden, aber – und darauf bestand er als angehender Geschäftsmann – die Besitzer der

Bar sollten für die Ernährung seines Kroko aufkommen. Deshalb forderte er im Auftrag des betroffenen Tieres das schönste Frauenbein, das sich zur Mittagszeit gerade unter einem Bartisch befand.

Als er die betretenen Mienen sah, gab er zu bedenken, dass ein Krokodil in seinen besten Jahren nur alle drei Wochen ein Bein benötige. Außerdem würde er einen begnadeten Prothesenhersteller kennen, der jedes Holzbein so schnitzte, dass kein Laie es merken würde. Bei diesen Worten klopfte er auf sein linkes Bein, das merkwürdig hohl klang.

Sie diskutierten lange, wogen das Für und Wider, und die beiden waren nach einigen Gläsern ihres ehrlichen Weines bereit, seiner Forderung nachzugeben.

Wenige Tage später hing ein großes Schild über ihrer Bar, auf dem sie kundtaten, was die Gäste in Zukunft erwartete. Auch das Frauenbein erwähnten sie.

Journalisten der Regionalzeitung tauchten auf, Reporter verschiedener Fernsehsender fuhren vor, und bald war jedes Reisebüro, war fast jeder Tourist informiert. Trotzdem blieb die Bar einen Monat lang leer. Sie begannen sich zu fragen, ob ihre Entscheidung die richtige gewesen war.

Doch dann siegte bei den Gästen die Neugier. Erst kamen wenige, dann immer mehr, sogar aus dem Ausland. Und immer öfter sah man wunderschöne Damenbeine unter den Bartischen.

Aber die Gäste saßen anders. Die Beine hingen nicht mehr unkoordiniert am Körper, sie lümmelten sich nicht mehr, sie kringelten sich nicht mehr um die Stuhlbeine, sondern standen exakt im rechten Winkel unter den Tischen, aufmerksam, jeder Zeit bereit.

Und es wurde auch anders gegessen und getrunken: Die Bisse wurden mundgerechter, die Schlucke kleiner. Und nicht der Partner oder die Kinder oder die Freunde waren das Wichtigste, sondern etwas anderes. Man sah es an den Augen, die von einem Winkel zum anderen huschten.

Und fast täglich kamen sie: Monsieur Luc und Kroko. Stille breitete sich aus, der Bissen im Munde wurde hastig, aber möglichst bewegungslos hinuntergeschluckt. Zarte Frauenbeine lagen plötzlich auf den Tischen neben Ratatouille und Rotwein.

Gelangweilt zog das Krokodil seine Bahn und wich langsam, aber konsequent den Frauenbeinen aus. Der Geruch von Puder, Salben und Parfum störte seine Geschmacksknospen auf das empfindlichste.

So ging es drei Wochen, vier Wochen, bald waren es zwei Monate. Monsieur Luc war ratlos: Kroko musste doch fressen. Es schlich auch schon immer lustloser über den Platz. Den Topf mit Milchreis, den die Frau ihm ab und zu in den Weg stellte, schob es jedes Mal achtlos zur Seite. Auch den Hirsebrei von Monsieur Luc verweigerte Kroko.

Die Gäste wurden zunehmend respektloser. Erwachsene Männer bombardierten Kroko mit Kügelchen, die sie aus dem Teig des Baguette gerollt hatten. Die Damen ließen ihre Beine jetzt unter dem Tisch und flöteten dem Krokodil Liebkosungen zu. Aber nach einiger Zeit wurden diese Spiele langweilig, und die Gäste blieben aus.

Zum Glück hatte sich für die nächste Woche eine Reisegruppe aus Norwegen angemeldet, eine ganze Busladung sollte es sein.

Sie waren sehr froh darüber. Ein Glück, das versprach die Kasse aufzubessern.

Und dann kamen sie.

Kaum betrat das Krokodil den Platz, bemerkten alle an ihm eine große Unruhe. Monsieur Luc sagte später, dass er dies schon gefühlt hätte, als er Kroko aus der Badewanne hob: Das Herz habe ganz kräftig geschlagen.

Unwiderstehlich zog es das Krokodil zu den Frauenbeinen hin. Alle Beine schienen aber ausgesprochen gut zu riechen, dass sich Kroko gar nicht entscheiden konnte, wo es zubeißen sollte. Immer wieder drehte es sich im Kreise und hetzte von einem Tisch zum nächsten.

Was war das denn, was Kroko so anzog? Konnte es vielleicht das Elchfett sein, mit dem die Menschen des Nordens ihren Körper pflegen? Die Barbesitzer hatten keine Zeit, sich darüber Gedanken zu machen. Er stand in der kleinen Küche und brutzelte ein Lammkotelett nach dem nächsten. Sie flitzte von Tisch zu Tisch, nahm Bestellungen entgegen, verteilte Bestecke, beruhigte ängstliche Kinder, füllte Gläser auf. Der Schweiß lief ihr nur so den Körper hinunter.

Als sie an Kroko vorbeisauste, wie sie es wochenlang schon getan hatte, biss es plötzlich zu. Das war der Geruch, den es liebte. Endlich hatten die Menschen gelernt!

Später wachte sie im Krankenhaus auf. Als sie sich etwas gesammelt hatte, blickte sie um sich und sah ihn, der wie sie in einem Bett lag. Er erzählte ihr, dass Kroko, so schnell es laufen konnte, zu ihm in die Küche geeilt war, wo er im Schweiße seines Angesichtes Salatsauce anrührte. Ein Bein sah er aus Krokos Maul heraushängen, und er wusste sofort, was geschehen war. Aber ehe er es retten konnte, war es um ihn geschehen: ein Biss, er wurde ohnmächtig.

Das Ende ist schnell erzählt: Der begnadete Prothesenmacher schnitzte zwei wahre Meisterwerke. Monsieur Luc musste erkennen, dass es ein Fehler war zu glauben, dass nur männliche Krokodile Frauenbeine lieben würden, wohingegen weibliche Krokodile Männerbeine bevorzugten. Sein eigenes Bein war nämlich bei einer leichtsinnigen Nildurchschwimmung von einer reizenden Krokodildame gefressen worden, während mehrere Krokodilmänner gelangweilt zusahen.

Trotzdem erhielt er den Nobelpreis für Biologie, hatten seine Forschungen doch ergeben, dass es der Geruch von Schweiß ist, der das Fresszentrum ägyptischer Krokodile anregt. Das Preisgeld teilte er mit ihnen und engagierte sofort einen der besten Architekten des Landes, der ihm ein außergewöhnliches Krokodilhaus entwarf.

Auch sie konnten endlich ihren Traum wahr machen: auf dem Balkon sitzen und zufrieden auf die Bar, die Christophe, der Sohn von Nadine, gerne wieder übernommen hatte, hinabsehen und Geschichten zu den Menschen erfinden, die an den Tischen vor der Bar saßen.

Vampire

Heute hatten sie einen ruhigen Abend, denn Christophe hatte die Bar abgeschlossen und war zum Angeln gefahren.

Als sie von ihrem Buch aufblickte, bemerkte sie das Paar, das sich an einen der vielen Tische gesetzt hatte, die Tag und Nacht, im Winter wie im Sommer vor der Bar standen. Sie machte ihn sofort aufmerksam, nicht, weil zu dieser Zeit dort jemand saß, obwohl die Bar geschlossen war, dies passierte immer wieder, sondern weil dieses Paar äußerst merkwürdig war. Im Aussehen, und wie sie später feststellen sollten, auch in seinem Verhalten.

Die Frau, sehr groß und extrem schlank, saß kerzengerade und bewegungslos auf ihrem Stuhl. Alles an ihr war tiefschwarz: die kurzgeschnittenen Haare, das eng anliegende Kleid, die Strümpfe, die Schuhe, die bis zum Knöchel reichten und einen recht hohen und breiten Absatz hatten. Aber es war doch nicht alles an ihr schwarz. Was die Frau auf dem Balkon erschreckte, waren die Lippen. Diese waren von einem derart intensiven Rot, wie sie es bisher nur selten gesehen hatte. Und dann das Gesicht. Es sah aus, als wäre es mit weißer Farbe angemalt.

Ihr gegenüber saß ihr Partner. Er schien erheblich kleiner, kompakter, wenn nicht sogar dicklich. Sein Haar wurde schon schütter, es glänzte ebenfalls pechschwarz. Er trug ein schwarzes, etwas altmodisches Jackett, ein schwarzes Hemd, schwarze Hose. Seine Schuhe und Socken waren ebenfalls schwarz. Was die beiden auf dem Balkon aber erschaudern ließ: Auch sein Mund war dick mit diesem leuchtenden Rot angemalt, und sein Gesicht war ebenfalls ganz weiß. Er bewegte sich nicht, die beiden redeten auch nicht miteinander.

Plötzlich hoben die zwei zur gleichen Zeit den Kopf und starrten mit eisigen Blicken die beiden auf dem Balkon an.

Diese rutschten tiefer in ihre Sessel, schauten auf ihre aufgeschlagenen Bücher, ohne wirklich lesen zu können. Sie überlegte krampfhaft, ob irgendetwas im Essen war, was zu Bewusstseinsstörungen führen konnte. Und er überschlug die Anzahl der getrunkenen Gläser Wein, konnte aber bei sich kein Übermaß an Alkohol feststellen.

Als er nach einiger Zeit vorsichtig den Kopf hob, er konnte später gar nicht sagen, wie lange er auf sein Buch gestarrt hatte, waren beide fort. Lautlos, wie sie gekommen waren, waren sie auch verschwunden.

Die beiden entspannten sich langsam, dann sagte sie: „Aus dem Irrenhaus entlaufen."

„Vampire", sagte er.

Nach einer Weile sagte sie: „Glaube ich nicht." Und sie begann zu erzählen:

Die Frau heißt Claire de Soleil und ist Modedesignerin in einem der großen Häuser von Paris. Konsequent und zielstrebig, wenn nicht sogar hemmungslos hat sie jahrelang gearbeitet, um diese Stellung zu erlangen. Auf eine Familie hat sie verzichtet, ist Beziehungen eingegangen, wenn diese für ihren Aufstieg nützlich waren, und hat sie sofort beendet, wenn sie meinte, dass ihre Arbeit nicht mehr die erste Stelle in ihrem Leben haben sollte.

Nun arbeitet sie schon seit Jahren in diesem bekannten Unternehmen; man schätzt sie dort, weil sie belastbar, zuverlässig und engagiert ist. Immer wieder ruft sie mit ihren originellen Einfällen und Entwürfen Verwunderung hervor.

Aber was keiner weiß: Claire fühlt sich seit einiger Zeit ausgebrannt, ihre kreativen Phasen wurden seltener. Ob das an der Abmagerungskur lag, die sie wieder zu einer gertenschlanken Frau gemacht hat, der man, wie ihr alle versicherten, nicht ansah, dass sie die 50 schon überschritten hat? Oder an der hübschen, nicht ganz untalentierten, neu eingestellten Designerin, die eine Art von Leichtigkeit in den Arbeitsprozess hineingetragen hat, dass ihr nicht nur alle Herzen zuflogen, sondern die Mitarbeiter mit Elan und einer unbekannten Fröhlichkeit ans Werk gingen.?

Der Mann heißt Massimo di Stefano, ist gerade 60 Jahre alt geworden und lebt mit seiner Mutter Julia in der Nähe von Genua. Seine Mutter, eine Französin, hatte als sehr junge Frau den schon älteren Giovanni di Stefano kennengelernt und sehr schnell geheiratet. Er war ein bekannter Knopffabrikant, bei dem fast alle Modehäuser ihre Knöpfe bestellten, die an Kunstfertigkeit und Preis nicht zu überbieten waren.

Nach der Geburt seines Sohnes Massimo lebte er nur noch wenige Jahre, in denen er sein Unternehmen weiter vergrößerte und sogar eine Dependance in Manila gründete.

Nach seinem Tode übernahm seine junge Frau die Geschäftsführung, und man muss es anerkennen, sie tat es mit großem Geschick.

Aber noch wichtiger war ihr ihr einziges Kind, das sie mit übergroßer Liebe aufzog. Sie ließ ihren Sohn nicht aus den Augen, nahm ihn selbst nach Manila mit, als sie das Werk einmal besuchte. Mit anderen Kindern traf Massimo selten zusammen, so dass er Freunde kaum vermisste.

Zielstrebig führte Julia ihn an die Leitung des Unternehmens heran, musste aber erkennen, dass ihr Sohn zwar ein Genie war, was die finanzielle Seite anging, dass ihm aber jegliche Fantasie fehlte. So war sie gezwungen, einen Top-Knopf-Designer einzustellen, der glücklich war, ohne große Einflussnahme von Signora und Signore di Stefano seiner Kreativität freien Lauf zu lassen.

So sehr Julia ihren Sohn liebte, so kritisch und unerbittlich war sie, wenn Massimo ihr junge Frauen vorstellte, die er im Jachtklub kennengelernt hatte.

Manchmal ärgerte er sich über die Haltung und Einflussnahme seiner Mutter, erkannte aber immer wieder, dass die Zuneigung oder Liebe bei den Paaren, die er kannte, oft sehr schnell verloren ging, während die Liebe seiner Mutter schier nicht enden wollte. Und auch er liebt sie sehr, und so machte er ihr keine Sorgen mehr.

Doch dann war er 60 Jahre alt geworden und hatte plötzlich das Gefühl, etwas ganz Verwegenes tun zu müssen. Was, das wusste er noch nicht, aber er war sich sicher, dass es sich finden würde.

Als er eines Morgens die Wirtschaftszeitung durchlas, sah er plötzlich eine größere Anzeige, auf der ihn jemand fragte, ob er erfolgreich sei, aber den Wunsch habe, etwas Neues zu erforschen. „Ja", sagte er laut, woraufhin seine Sekretärin im Nebenzimmer erstaunt den Kopf hob. Und er erfuhr etwas über ein zweiwöchiges Seminar für Führungskräfte, die zu neuer Kreativität geführt werden und bisher unbekannte Seiten an sich erkennen könnten. Untermauert würde das Ganze durch eine Urschreitherapie und durchgeführt durch den bekannten Psychoanalytiker Siegfried Freude und sein Team. Ort, Hotelanlage und Preis ließen auf eine seriöse Veranstaltung schließen.

Massimo di Stefano war begeistert, er musste nur noch seine Mutter überzeugen, dass er zwei Wochen nicht anwesend sein würde. Einfach würde das nicht werden, das ahnte er, aber dieses Mal, dieses eine Mal würde er sich durchsetzen.

Und so geschah es auch. Julia di Stefano schimpfte, quengelte, schmollte – nichts stimmte Massimo um. Sie sah ihren Sohn genauer an: Dicklich war er geworden, sein Haar war einer Halbglatze gewichen, und seine Wangen erinnerten an die eines Hamsters. Da wusste sie, dass sie ihn abreisen lassen konnte, es bestand keine Gefahr.

Einen Tag vor Antritt der Reise überreichte sie ihm ein Lederetui. Als er es öffnete, sah er eine wertvolle Armbanduhr. Etwas verwundert war er über die Breite des Uhrbandes. Als seine Mutter sein Erstaunen bemerkte, flüsterte sie ihm etwas zu.

Am nächsten Abend traf er in der gebuchten Hotelanlage ein und mit ihm noch elf andere Führungskräfte, unter ihnen Claire de Soleil, die sich auch von der Anzeige hatte ansprechen lassen.

Jetzt sind sie schon fast eine Woche da, haben sich die Seele aus dem Leib geschrien, sind, aufgeteilt in drei Gruppen, auf der kleinen Insel im See ausgesetzt worden und mussten schwimmend das andere Ufer erreichen, was sich in zwei Gruppen als schwierig herausstellte, da zwei Personen sich kaum über Wasser halten konnten. Eine halbe Stunde hatten sie sich laut und ohne Pause angelacht, sodass sie, nachdem die Zeit abgelaufen war, nicht mehr aufhören konnten und die Kellner, die ihnen das köstliche Abendessen servierten, mit ihrem Lachen ansteckten. Lediglich vorgestern musste eine Übung trotz intensiver Vorbereitung vorzeitig abgebrochen werden, da sich die ersten drei Führungskräfte, die über ein mit spitzen und unregelmäßigen Steinen gespicktes Brett laufen mussten, tiefe Schnitte zugezogen hatten. Am Ende jeder Übung, jedes Gespräches stand die Frage: Was hat „das" mit mir gemacht?

Dann tauchte jeder in sich ab, durchschwamm die Winkel seines Herzens und seines Bauches. Zum Verstand hochzuschwimmen, wurde von der Seminarleitung nicht so gerne gesehen.

Und so erkannte der ein oder andere eine bisher unbekannte Seite an sich. Massimo hatte noch nicht viel Neues in sich entdeckt, aber er war einfach glücklich.

Claire bemerkte schon einiges Verschüttete, aber ihr widerstrebte es, dies vor sich und den anderen offenzulegen.

Nun sitzen, wie wir schon wissen, Massimo di Stefano und Claire de Soleil vor der abgeschlossenen Bar, sagen kein Wort und starren unbeweglich in eine Richtung. Zum ersten Mal ist Claire ausgesprochen wütend. In sechs Zweiergruppen waren sie eingeteilt worden, mussten sich nach Vorgaben unterschiedlich einkleiden, dann in den Kleinbus steigen und wurden dann nach und nach an unterschiedlichen Stellen abgesetzt. Claire hatte das Gefühl, ausgesetzt worden zu sein. Vor zwei Stunden wurden sie unten am Hügel mit der Aufgabe losgeschickt, den Weg zum Dorf hochzusteigen, wortlos, starr, den Blick nach vorne gerichtet. Sollten ihnen Personen begegnen, mussten sie diese gleichzeitig fixieren.

Das ist eine schwierige Aufgabe, da es ihnen verboten wurde, miteinander zu kommunizieren. Täten sie das doch oder wären gezwungen, es tun zu müssen, sollten sie die gesprochenen Sätze aufschreiben, da diese dann am nächsten Morgen analysiert würden. Außerdem muss sich jeder von ihnen immer wieder fragen, was „das" mit ihm mache. Vor dem Einschlafen werden sie die gefundenen Antworten in ihr Therapietagebuch schreiben.

Bevor sie den Hügel hochgewandert waren, hatte man ihnen das Gesicht weiß bemalt. Die Haare waren schon im Hotel gefärbt worden mit der Zusicherung, dass die Farbe, da Biofarbe, sich später leicht entfernen ließe und sie keinen Hautausschlag bekämen.

Die Menschen, die sie unterwegs trafen, starrten sie fassungslos an, viele schüttelten den Kopf, und manche lachten leise hinter ihrem Rücken.

Aber das ist es nicht, was Claire so wütend macht; sie kann es einfach nicht fassen, dass sie mit diesem Massimo losgeschickt wurde. Dieser kleine, untersetzte Mensch mit dem spärlichen Haarwuchs, der alles, was bisher im Seminar angeboten wurde, mit übergroßer Ernsthaftigkeit betrieb und jeden mit dankbarem Lächeln anblickte. Naiv, dümmlich ist er, dieser Kerl. Und dann trägt er diese Uhr mit dem klotzigen Uhrband am Arm. Mon Dieu! Etwas mehr Einfühlungsvermögen hatte sie von Siegfried Freude schon erwartet.

Trotz ihrer Wut spürt sie instinktiv, dass ihr Partner den Blick in Richtung Balkon gedreht hat. Sie wendet auch ihren Kopf und schaut eisig in dieselbe Richtung. Oben sitzen ein Mann und eine Frau, jetzt blicken sie zu ihnen hinunter, scheinen dann aber wohl verunsichert, denn sie ducken sich hinter der Balkonbrüstung.

„Das geschieht euch recht, dass ihr euch unwohl fühlt", denkt Claire de Soleil, „uns so anzugaffen. Was kann ich denn dazu, dass ich so herumlaufen muss und außerdem diesen Dummkopf neben mir habe." Sie merkt selbst, wie infantil ihre Gedanken sind, aber sie ist an einem Punkt angelangt, wo ihr das gleichgültig ist.

Mit Genugtuung registriert sie, dass das Balkonpaar nicht mehr hochzublicken wagt.

Nach einiger Zeit schaut Massimo auf seine Uhr und stellt fest, dass sie sich langsam auf den Weg nach unten machen sollten, wo man sie in einer Stunde abholen will. Es dauert aber eine Weile, bevor seine Gedanken bei seiner Partnerin ankommen. Dann stehen beide langsam auf, das Paar auf dem Balkon bemerkt es nicht.

Claire und Massimo gehen noch einmal um die Kirche herum, dann die Hauptstraße entlang, am Bouleplatz vorbei, wo sie von den Spielern gar nicht beachtet werden, was

Claire ganz recht ist. Massimo wäre gerne Teilnehmer bei diesem Spiel. Er ist fasziniert von der Stimmung und der Konzentration, die von den alten Männern ausgeht.

Sie verlassen das Dorf auf demselben Wege, wie sie gekommen sind. Während des Gehens zum Treffpunkt malt sich Massimo ein köstliches Abendessen aus, während Claire ein entspannendes Fußbad nehmen und dann noch in die Sauna gehen möchte.

Schweigend kommen sie am Treffpunkt an. Wenig haben sie in den drei Stunden geredet: einen vollständigen Satz und vier Satzfragmente, die Massimo sofort notiert hat. Unabhängig voneinander sind sie recht stolz auf sich.

Im Moment ist Claire erst einmal froh, dass sie Massimo gleich loswerden kann. Beim Abendessen wird sie sich neben den Therapeuten setzen und erhofft sich eine geistreiche Unterhaltung, die sie für diese Exkursion entschädigen soll. Undeutlich drängt sich ihr der Verdacht auf, dass der bisherige Ablauf des Seminars wenig positive Wirkung auf sie hat.

Auch Massimo ist nicht ganz zufrieden, langweilig ist es gewesen, sterbenslangweilig. Außerdem fühlt er sich auch sehr verunsichert neben dieser Claire de Soleil. Ihr Name ist wie ihr Aussehen: Wunderschön ist sie. Aber, und hier muss er schlucken und hätte am liebsten seine Mutter in der Nähe, sie schaut ihn so kalt an, mehr noch, sie schaut durch ihn hindurch. Nicht nur heute Nachmittag, sondern seit ihrem ersten Zusammentreffen. „Sie scheint mich nicht zu mögen", erkennt er, und mit dieser Einsicht kann er gar nicht umgehen.

Massimo schaut auf seine Uhr; das Auto, das sie abholen soll, muss eigentlich schon da sein.

Obwohl die beiden nun miteinander reden dürfen, tun sie es nicht; sie warten schweigend, jeder im Kokon seiner Gedanken.

Das Auto lässt auf sich warten, eine halbe Stunde stehen sie schon an der Kreuzung. Inzwischen ist ein kühler Wind aufgezogen, und beide frösteln leicht.

Plötzlich ruft Claire laut: „Merde!" Und dann folgen weitere Worte aus diesem Begriffsfeld. Er blickt sie mit großen Augen verwundert an. Dass diese schöne Frau so ihre Contenance verlieren kann. Leise sagt Massimo: „Das Auto wird gleich kommen."

„Das will ich hoffen, ich will hier weg. Ich will diese lächerliche Bemalung loswerden und etwas Warmes anziehen."

Aber das Auto kommt nicht, sie warten und warten.

Plötzlich faucht Claire: „Nun mach doch mal den Mund auf! Sag was!"

Massimo zieht erschreckt den Kopf ein. So streng hat bisher niemand mit ihm gesprochen.

„Was soll ich denn sagen? Das Auto kommt doch gleich".

„Mon Dieu, machst du Witze oder bist du so blöd?" Claire merkt sofort, dass sie zu weit gegangen ist. Auch erschreckt sie sich über ihren Sprachgebrauch. Unsicher sieht sie ihn an. Er beißt sich auf die Lippen und murmelt: „Ich, ich wollte Sie nicht ärgern. Ich wollte Sie trösten."

Er tritt von einem Bein auf das andere.

Claire schaut ihn genauer an und weiß plötzlich, dass er dies wirklich meint. Vor ihr steht ein unsicherer Mann, der ihr nichts vormacht, der nicht den Helden spielt, sondern jemand, der ohne Hintergedanken redet, der die Oberflächlichkeit des Small-talk nicht beherrscht. Und sie erkennt auch, dass Bösartigkeit von Massimo gar nicht wahrgenommen wird und deshalb keinen Einfluss auf ihn hat.

Auch Claire wechselte jetzt vom „du", das von der Seminarleitung erwünscht wird, zum „Sie".

„Entschuldigen Sie, ich wollte Sie nicht verletzen. Ich bin nur so enttäuscht, dass man uns hier warten lässt. Und jetzt wird es auch noch kalt. Außerdem wird es gleich dunkel. Da wäre ich lieber im Hotel."

Froh, dass sie etwas sagt und dies auch noch mit entschieden freundlicherer Stimme, antwortet er schnell: „Haben Sie keine Angst, ich bin ja bei Ihnen. Ich gebe Ihnen meine Jacke, die ist recht warm. Ich brauche sie nicht, ich bin ja gut gepolstert."

Über so viel Selbsterkenntnis müssen beide lachen. Dann stellen sie sich gegenseitig vor. Bisher kennen sie nur die Vornamen voneinander. Den Austausch persönlicher und weiterer Daten hatte Siegfried Freude ihnen direkt zu Beginn des Seminars verboten.

Sie erzählt von ihrer Arbeit, etwas anderes kann sie auch nicht erzählen. Je länger sie spricht, desto deutlicher wird ihr, was sie an ihrem Beruf liebt. Sie weiß aber plötzlich auch, was ihr zu schaffen macht, was ihr fehlt, warum sie hier ist.

Am liebsten würde Massimo ihre Hand streicheln, aber er traut sich nicht. Diese schöne Frau, die so stark scheint, ist so alleine.

Dann erzählt Massimo von dem Leben, das er lebt. Von einem Leben, das gleichbleibend ruhig verläuft, das wenig Höhen und Tiefen kennt. Er erzählt von der expandierenden Knopffabrik, von seiner Fähigkeit, Kapital zu vermehren, und er erzählt von seiner Mutter, die ihn beschützt, ebenso wie von seiner Verwegenheit, ohne sie zu verreisen.

An dieser Stelle seiner Erzählung merkt er, was er alles hätte erleben können, wenn seine Mutter nicht seine Mutter, sondern wenn es stattdessen Claire gewesen wäre. Und dieser Gedanke erscheint ihm äußerst reizvoll.

Verwirrt hält er inne. Was ihm da eben durch den Kopf ging, hat er nicht ganz verstanden. Er fühlt nur, dass er etwas ganz Wichtiges verpasst hat.

Auch Claire ist verunsichert. Dann siegt Massimos Fähigkeit, allen Situationen etwas Gutes abzugewinnen. Er fragt, und jetzt ist seine Stimme schon fröhlicher: „Was machen wir nun? Das Auto hat uns wohl vergessen."

Claire zuckt unschlüssig mit den Schultern. Sie befindet sich in einer Situation, mit der sie nicht umgehen kann. Das heißt, sie kann schon, aber sie will plötzlich nicht mehr. Soll Massimo doch einen Vorschlag machen. Und er grübelt schon. Da fällt ihm etwas ein: das Hotel, das in der Nähe liegt. Auf der Hinfahrt waren sie daran vorbeigefahren. Dort könnten sie erst einmal etwas essen. Dann würden sie sich Zimmer nehmen und endlich die Schminke abwaschen. Vielleicht wollte Claire sich aber erst waschen und dann essen? Danach würden sie bei der Seminarleitung anrufen, sie könnten es aber auch bleiben lassen. Vielleicht sollten sie das Seminar abbrechen und nach Paris fahren, wo ihm Claire ihren Arbeitsplatz zeigen würde, oder sie würden nach Genua fahren, wo er ihr die Knopfproduktion erklären und sie danach seiner Mutter vorstellen konnte – oder auch anders herum.

Und zum Schluss sagt er breit grinsend: „Immer wieder fragen wir uns dann, was macht „das" mit uns."

Claire kann über so viele Vorschläge nur lachend den Kopf schütteln. Dieser kleine, komische Mann!

„Wir können doch gar nicht ins Hotel. Heute Morgen mussten wir doch unser Bargeld und die Kreditkarten im Hoteltresor ablegen, sonst wäre dies ja keine korrekte Durchführung eines Überlebenstrainings. Wir werden wahrscheinlich die Nacht im Irrenhaus verbringen, bemalt wie wir sind."

Massimo zieht sie lachend unter die nächste Laterne, die schon seit geraumer Zeit brannte. Theatralisch zeigt er auf seine Uhr mit dem pompösen Band. Er zieht einen verdeckten Reißverschluss oberhalb des Uhrbandes auf und lässt Claire in das Band, das in Wirklichkeit eine langgezogene Tasche ist, hineinsehen. Mehrere Fünfhunderteuroscheine stecken darin.

„Meine Mutter", ruft er lachend, „sie war fest davon überzeugt, dass ich die Scheckkarten und mein Bargeld verlieren würde. Deshalb hat sie dieses Geld hier hineingelegt. Jetzt kannst du dir aussuchen: erst essen oder erst waschen?"

Er nimmt sie an die Hand und rennt los, ohne eine Antwort abzuwarten.

Hier endete ihre Erzählung; erwartungsvoll schaute sie ihn an. Er lächelte vor sich hin und verzichtete auf einen Kommentar. Immer noch hatte er das Gefühl, dass er wirklich zwei Vampire gesehen hatte, die mit den Wölfen aus Rumänien gekommen waren.

Er beschloss das Abendessen vorzubereiten. Heute würde es Lammkeule mit viel Knoblauch geben.

Helmut

Mit lautem Knall schlug sie ärgerlich das Buch zu. Dies sollte ein Krimi sein? Sterbenslangweilig war es, den Täter konnte man schon auf den ersten Seiten identifizieren. Sie schaute ihren Mann an, der seinerseits aber zur Bar blickte und gerade sagte: „Eine Gänsefamilie!"

Jetzt sah sie es auch. Eine Gruppe schlängelte sich an den kreuz und quer stehenden Stühlen vorbei, zielstrebig von einer gut aussehenden Frau mittleren Alters geführt, die sich für einen Tisch im Halbschatten entschied. Ein größerer Junge war ihr dicht auf den Fersen, gefolgt von einem recht jungen, hochgewachsenen Mann mit athletischen Schritten. Ein kleines Mädchen trippelte hinter diesem her. Am Ende der Gruppe und etwas abgeschlagen ging gedankenverloren ein zweiter, untersetzter Mann, der älter als die Frau aussah.

Das Mädchen und die Frau hatten sich nebeneinander gesetzt. Ihnen gegenüber nahm der junge Mann Platz. An die eine Stirnseite setzte sich mit gelangweilter Miene der Junge, ihm gegenüber ließ sich gerade der ältere Mann etwas kraftlos auf einen Stuhl fallen.

Nach kurzer Zeit stand der Junge auf, um das Dorf zu erkunden. Es war auffällig, dass fast nur die Frau und der junge Mann miteinander sprachen, ab und zu wurde der Ältere mit einbezogen. Er schien aber auch wenig Interesse an der Unterhaltung zu haben. Oft schaute ihn das kleine Mädchen an, während er immer seltener am Gespräch teilnahm. Manchmal lächelte er zu dem Kind hinüber und schien in sich zu versinken. Im Gegensatz dazu wurde der junge Mann immer lebhafter und schaute recht siegessicher und selbstgefällig um sich. Aufgrund seiner Größe und seines selbstsicheren Verhaltens blickten von den anderen Tischen mehrere Frauen zu ihm hinüber, meist wohlwollend lächelnd. Nur eine kleine Gruppe von drei Frauen schaute recht kritisch.

Ohne etwas zu sagen, stand der Ältere plötzlich auf und ging langsam über den Platz. Die Frau und der andere Mann sahen erstaunt auf, riefen etwas hinter ihm her, während das Mädchen von einem zum andern schaute, dann vom Stuhl rutschte und hinter dem Mann herrannte, der es bei der Hand nahm und mit ihr den Platz verließ.

Die Frau zahlte hektisch, rief den Jungen herbei, der gar nichts mitbekommen hatte, und alle drei liefen in die Richtung, in die der Mann und das Mädchen verschwunden waren.

Die beiden auf dem Balkon schauten sich an. „Na", sagte er, „das ist ja offensichtlich: ein Ehepaar mit zwei Kindern und der Liebhaber der Frau, getarnt als Privatlehrer. Hier auf dem Platz hat der Ehemann endlich ihren Betrug erkannt."

„Du kannst recht haben", erwiderte die Frau, „vielleicht wurde der Mann aber nicht nur von den beiden, sondern hat sich auch selbst betrogen."

„Wie meinst du das?" Er blickte erstaunt, und die Frau begann:

Werner Baume ist ein anerkannter Professor für Strafrecht; er ist 48 Jahre alt, seit 16 Jahren mit Doro verheiratet, mit der er zwei Kinder hat: Jörgen, 12 Jahre alt, und Flora, die in einigen Tagen fünf Jahre alt wird.

Werner Baume ist ein ruhiger, zurückhaltender Mensch. Während seines Studiums bezeichneten ihn die Studentinnen als schüchtern, sogar als langweilig.

Er wusste auch, dass die Frauen nicht von prickelnder Erregung ergriffen wurden, wenn er in ihrer Runde auftauchte, aber da er keine von ihnen so umwerfend attraktiv fand, hatte er keine Eile, eine Beziehung einzugehen und lebte nach dem Motto: Für jeden Topf gibt es das passende Deckelchen.

Denn dass er einmal heiraten und in einem eigenen Haus mit seiner Frau Kinder großziehen würde, wurde von ihm gar nicht hinterfragt. Das Leben eines Erwachsenen war eben so, und wenn er an die Aufzucht der Kinder dachte, meinte er, dass dies eigentlich die Aufgabe seiner Frau sein würde, die natürlich auch Akademikerin wäre, aber nach dem Diplom oder Staatsexamen, vielleicht sogar nach der Promotion ihre eigene Karriere erst einmal zurückstellen würde.

Nach dem Abitur hatte er sich zuerst mit dem Gedanken getragen, Arzt zu werden, als er dann aber an derartig intensive menschliche Nähe dachte, gepaart mit Mundgeruch, Eiter, welker Haut oder dümmlichem Geschwätz, war er erschaudert und hatte sich für ein Jurastudium entschieden.

Wie besessen arbeitete er, er war genau, gewissenhaft, zuverlässig. Die anderen Studenten arbeiteten gerne mit ihm zusammen, denn er war immer bereit, sein Wissen weiterzugeben, ohne aufdringlich oder rechthaberisch zu sein. Auch forderte er keine Gegenleistung.

Man lud ihn aber nicht unbedingt abends ein, da er doch zu kauzig, zu langweilig und zu unsicher war. Außerdem waren seine Meinungen oft recht spießig.

Werner Baume war aber klug genug zu wissen, dass er etwas für sein Image tun musste. Denn dass er etwas werden wollte, das stand für ihn fest.

Also lernte er Tennis und Golf und dies genauso gründlich, wie er sich Gesetzestexte aneignete.

Eines Tages sprach ihn auf dem Tennisplatz Helmut Lange an, und von da an spielten sie öfters zusammen.

Helmut war ein ruhiger, kluger Mensch, der konzentriert Tennis spielte und wenig von sich erzählte. Er mochte an Werner die Verbissenheit, mit der dieser dickliche Mensch hinter dem Ball herjagte und bis zuletzt kämpfte. Auch die Zurückhaltung von Werner empfand er als ebenso angenehm wie dessen Zuverlässigkeit und Verschwiegenheit.

Dieser seinerseits war fasziniert von Helmuts Sportlichkeit, seinem geschmeidigen Spiel. Manchmal dachte er, wenn Helmut eine Frau wäre, könnte man von Schönheit reden. Immer wenn er das dachte, musste Werner verlegen lächeln und schob den Gedanken schnell zur Seite.

Einige wenige Male nahm Helmut Werner mit nach Hause, um ihm ein Buch oder eine CD zu leihen. Dort lernte Werner Doro kennen, die vier Jahre jünger war als er und zu der Helmut eine innige Beziehung hatte.

Doro war ungestüm, sie verbreitete permanent Chaos um sich und geriet immer wieder in kompromittierende

Situationen, aus denen ihr Helmut dann heraushalf. Er tat es nicht nur für seinen Vater, der als Regierungspräsident auf tadellose Umgangsformen Wert legte.

Zweimal war Werner bei solchen Situationen zugegen und unterstützte Helmut uneigennützig. So schubste er Doro in sein Auto und verschloss die Türen, während der athletische Helmut Doros Exfreund daran hinderte, weiter auf sie einzuschlagen.

Nach seinem Examen ging Helmut nach Kanada, er hatte einen Zweijahresvertrag unterschrieben, und nach dieser Zeit verlängerte er ihn und blieb schließlich dort.

Werner fühlte sich plötzlich irgendwie alleingelassen. Um über die Leere hinwegzukommen, übernahm er den Schutz von Doro. Obwohl beide völlig verschieden waren, akzeptierte sie, dass Werner die Rolle des Bruders übernahm, und rief ihn an, wenn sie Hilfe brauchte.

Werner Baume fand keinen neuen Tennispartner. Da er aber sein Ziel, Karriere zu machen, nie aus den Augen verlor, überlegte er, was er tun könne, um wichtige Leute kennen zu lernen.

Er musste sich eingestehen, dass seine sportlichen Ambitionen nicht zum Ziel geführt hatten, sondern dass es die Anziehungskraft von Helmut gewesen war, die ihn gehindert hatte, neue Wege zu suchen.

Nach intensiven Recherchen entschied er sich für die Mitgliedschaft in einer Männergruppe. Dort fand er nicht nur neue Tennispartner, sondern er lernte tanzen, trinken und Konversation machen. Und da er fachlich immer noch zu den Besten seines Jahrganges gehörte, kam er mehr und mehr ins Gespräch mit Männern, die es schon geschafft hatten.

Er schaffte es dann auch. Nach dem erfolgreichen Examen schrieb er eine geniale Doktorarbeit und entschied sich daraufhin für eine Universitätskarriere.

Wenn er seine Eltern besuchte, fragten sie immer wieder – der Vater direkt, die Mutter verschämt –, ob er nicht vielleicht eine Freundin? einen eventuellen Heiratstermin? …Aber Werner Baume hielt den Zeitpunkt noch nicht für gekommen, war mit seinem Leben zufrieden und verabschiedete sich schnell.

Eines Tages kam er spät nach Hause, auf dem schmalen Weg zum Hauseingang hörte er plötzlich Doros Stimme. Sie hockte hinter einem Busch, und als sie hervortrat, sah Werner, dass sie nackt war. Zum Glück hatte er einen leichten Sommermantel an, in den er sie einwickelte und unbemerkt in seine Wohnung brachte.

Nach einem Kneipengang mit Freunden war sie in den Stadtbrunnen gesprungen, hatte sich die Kleider vom Körper gerissen und gerufen: „Wer macht es mir nach?"

Die Freunde hatten gelacht und gejohlt, aber plötzlich waren sie davongerannt. Nachdem sie wutentbrannt aus dem Brunnen geklettert war, merkte sie, dass jemand ihre Kleider mitgenommen hatte. Da Werners Wohnung nicht weit entfernt war, sah sie nur die Möglichkeit, zu ihm zu gehen. Zu ihrem Entsetzen war er nicht da, so musste sie eine ganze Weile auf ihn warten.

Es folgte ein ernstes Gespräch zwischen Werner und Doro, in dem sie zugab, dass sie es leid war, immer die Flippige (wie sie sich ausdrückte) zu spielen und dass sie Halt bräuchte.

Werner erkannte, dass er nun gefordert war, und sah es als seine Pflicht an, ihr diese Hilfe zu geben. Kurz darauf heirateten sie.

Zur Hochzeit kam ein Brief von Helmut. Es war das erste Lebenszeichen an Werner seit seiner Übersiedlung. Helmut äußerte seine Verwunderung über diese Heirat, wünschte aber beiden viel Glück. Kein Wort über seine eigene Situation.

Doro hielt sich an die Abmachung, die sie vor der Hochzeit getroffen hatten: Sie stellte sich nicht mehr zur Schau und unterstützte seine Karriere, indem sie die schöne, die kultivierte Partnerin an seiner Seite war. Er seinerseits gab ihr Schutz, er wurde ihr ruhender Pol.

Sie brachte ihm die Liebe bei. Sie war gerührt, als sie sah, wie unbeholfen er war, und setzte nun ihre gesamte Energie und Erfahrung ein, sich immer etwas Neues einfallen zu lassen. Werner Baume war fasziniert, und er ließ alles willig über sich ergehen. Da er aber das Gelernte selten anwendete, wurde es ihr langsam langweilig, immer nur den aktiven Part zu spielen. So hielt sie sich mehr und mehr zurück, was ihm nicht ganz unangenehm war.

Doro ging dezent neue, kurzfristige Beziehungen ein. Er ahnte es, sagte aber nichts, da sie äußerst diskret vorging und ihrer Rolle als charmante, liebende Ehefrau völlig gerecht wurde.

Inzwischen hatte Werner Baume eine Professur angenommen und war aufgrund seiner qualifizierten Publikationen in Fachkreisen bekannt und ein angesehener Gesprächspartner.

Bei Kollegen und Studenten war er gleichermaßen beliebt, da er immer hilfsbereit, zuverlässig und unaufdringlich blieb. Er vermittelte sein Wissen verständlich, so dass seine Seminare und Vorlesungen gut besucht waren.

Ein Student höheren Semesters fiel ihm in einer Veranstaltung auf, dessen athletische, hochgewachsene Gestalt ihn an Helmut erinnerte. Helmut, er war so plötzlich aus Werners Leben verschwunden und hatte sich so selten gemeldet. Doro und er wussten nur, dass er geheiratet hatte, die Ehe aber nach kurzer Zeit geschieden wurde, ohne dass es zu Auseinandersetzungen gekommen wäre. Im Gegenteil, er hatte mit seiner Ex ein freundschaftliches Verhältnis.

Finanziell musste es ihm recht gut gehen, er fühlte sich in Kanada wohl und wollte auch die kanadische Staatsbürgerschaft annehmen. Seine private Lebenssituation umschrieb er kurz und knapp als kompliziert.

Einige Male hatte er Doro und Werner eingeladen, hatte es aber derart unverbindlich formuliert, dass beide darauf nicht eingingen.

Als Doros Vater starb, rechneten sie mit seinem Kommen. Da er aber in dieser Zeit an einer zweiwöchigen Wildwassertour teilnahm, erreichte ihn die Nachricht erst nach der Beerdigung, so dass er von einem Besuch absah.

Eines Tages kam der Student in Werner Baumes Sprechstunde und stellte sich vor: Friedemann Schleich von Weißbeck. Wieder meinte Werner, Helmut vor sich zu sehen, obwohl es einen gravierenden Unterschied zwischen beiden zu geben schien. War Helmut in sich ruhend, zurückhaltend und dadurch von starker Ausdruckskraft gewesen, so verfügte der Student über ein ausgeprägtes Selbstwertgefühl. Werner konnte gar nicht sagen, warum er zu dieser Bewertung kam.

Der Student hatte zu den Ausführungen Werners in der letzten Vorlesung einige Fragen, die er vor der Anfertigung der Hausarbeit geklärt haben wollte. Im folgenden Gespräch zeigte er eine so fundierte fachliche Kompetenz, dass er am Ende der Besprechung die Stelle einer wissenschaftlichen Hilfskraft angeboten bekam, was der Student sofort akzeptierte.

Friedemann Schleich von Weißbeck war weitgehend zuverlässig, und er vertrat mehrmals Werner Baume, wenn sich dieser auf Kongressen oder in Besprechungen aufhielt. Des öfteren kam er auch zu vorbereitenden Gesprächen in das Haus der Familie Baume.

Irgendwann hatte ihn Doro vor dem Verlassen des Hauses abgepasst und ihn aufgefordert, das Abendessen mit ihnen einzunehmen. Diese Einladung wurde zur Gewohnheit. Doro bestand auch darauf, sich mit den Vornamen anzureden, was Friedo, wie er von Freunden genannt wurde, gerne akzeptierte. Werner Baume tat sich in dieser Hinsicht etwas schwer, und so blieb man vorläufig wenigstens beim „Sie", was später von Doro und Friedo aber aufgegeben wurde.

Werner Baume war es nicht unangenehm, dass Friedemann Schleich von Weißbeck zunehmend zu einem Familienangehörigen wurde, denn er entlastete ihn zusätzlich. Friedo spielte mit Jörgen Tischtennis, half Flora die verlorene Puppe wiederzufinden, trug Doro den schweren Wäschekorb in den Garten und joggte ab und zu mit ihr durch den Park.

Werner Baume und seinen Kollegen gegenüber verhielt sich Friedo äußerst korrekt. Im Gespräch mit Studenten präsentierte er sich des öfteren als sehr arrogant, was Werner unangenehm war, da es seinem eigenen Wesen so gar nicht entsprach.

Trotz dieses unangenehmen Zuges konnte er aber nicht verhehlen, dass er den ehemaligen Studenten, der jetzt bei ihm seine Doktorarbeit schrieb, gerne im Kreise seiner Familie sah.

Manchmal hatte er den Eindruck, dass es etwas zwischen Doro und Schleich von Weißbeck gab, von dem er ausgeschlossen war. Doro wollte er nichts vorwerfen, er wusste um seine Schwächen. Er war kein sprühender Liebhaber. Wenn sie von ihrem Tagesablauf erzählte, hörte er kaum zu, und sein Körper war ziemlich in die Breite gegangen.

Doro verhielt sich ihm gegenüber gleichbleibend loyal, was ihn von Zeit zu Zeit immer wieder verwunderte, wo er doch ihre Jugendsünden kannte. Trotzdem schmerzte es irgendwie, wenn er sah, dass Doro oder Friedo oft nur eine Andeutung machen musste und der andere sofort wusste, worum es ging. Dann schauten sich beide wissend an oder lachten spontan. In diesen Momenten fühlte sich Werner Baume ausgeschlossen. Dabei war er es doch gewesen, der den Doktoranden in die Familie eingeführt hatte.

Aber Werner sagte nichts, und alles lief weiter wie bisher, bis zu jenem fatalen Ausrutscher seinerseits am Mittwochnachmittag in seinem Büro.

Friedo hatte ihm einige Vorarbeiten zu seiner Arbeit vorgelegt, und nun beugten sich beide zur Besprechung über die Manuskripte. Werner machte einige kritische Bemerkungen und formulierte weiterführende Gedanken, und am Ende waren beide mit den Ergebnissen ihrer Unterredung zufrieden.

Als Werner Baume die Blätter zusammenschob, um sie Friedo zurückzugeben, berührten seine Finger die Hand des Doktoranden. Ohne dass es Werner im Nachhinein erklären konnte, streichelte er plötzlich diese Hand. Im selben Moment zog er seine hastig zurück.

Er schämte sich unendlich, dennoch schaute er Friedo an. Dieser stand hoch aufgerichtet neben ihm, Werner bemerkte ein ironisches Lächeln in dessen Gesicht, und sein Blick schien zu sagen: „Sieh doch mal an, der Herr Professor." Und mit den Worten: „In Zukunft auf gute Zusammenarbeit!" verließ der Doktorand mit schwingenden Schritten das Büro.

Werner Baume blieb verstört sitzen und konnte überhaupt nicht fassen, dass er einen Moment die Kontrolle über sich verloren hatte.

Zum ersten Mal in seinem Leben wurde er schwer krank. Der befreundete Arzt konnte die hohen Fieberanfälle, kolikartigen Durchfälle und immer wieder auftauchenden Sehstörungen nur mit Werners Arbeitsbelastung erklären und verordnete Ruhe, Ruhe und nochmals Ruhe.

Erst nach mehreren Wochen konnte Werner Baume einem Teil seiner Lehrverpflichtungen wieder nachkommen. Seinen Kollegen fiel sein fahles Gesicht mit den eingefallenen Augen auf. Er schien kleiner geworden zu sein und wirkte gedankenverloren. Keiner von ihnen ahnte, dass er fast jede Nacht mehrere Stunden wach lag und sich mit Selbstzweifeln quälte.

In dieser für Doro harten Zeit war ihr Friedo eine große Hilfe. Inzwischen war er Dauergast im Hause Baume, mehr noch: Er ersetzte Werner nahezu vollständig. Er brachte Doro zum Lachen, und er nahm sie in den Arm, wenn sie sich um Werner Sorgen machte. Mit Jörgen paukte er Vokabeln und schickte ihn abends ins Bett, wenn sich Doro nicht durchsetzen konnte. So verhielt er sich aber nur, wenn er mit Baumes allein war. Im Beisein anderer blieb er diskret im Hintergrund.

Mit diesem Arrangement schienen alle zufrieden zu sein. Nur Flora schlich sich häufig in Werners Arbeitszimmer, wo er sich immer öfters aufhielt, lehnte sich an ihn oder kletterte auf seinen Schoß. Dann nahm er sie schweigend in die Arme und drückte sie vorsichtig an sich, ohne ein Wort zu sagen.

So hilfreich Friedo im Hause war, so viel Hilfe erwartete er von Werner in Bezug auf die Doktorarbeit. Nicht, dass er es aussprach, aber immer dann, wenn Werner Baume nach der Durchsicht einiger von Friedos Manuskripten diesen darauf hinwies, dass er hier und da noch einmal recherchieren oder weiterdenken müsse, sah ihn Friedo mit diesem eigentümlichen Lächeln an, was Werner so anwiderte und gleichzeitig so verunsicherte. Er war es dann, der die Verbesserungsvorschläge machte. In diesen Momenten hasste er sich.

Einige Male ließ Friedo seine Hand recht lange neben der von Werner liegen, so dass dieser seine schnell wegzog und sich abrupt erhob. Ihm war, als hätte er in Feuer gegriffen. Er lief rot an und brauchte Friedo gar nicht anzusehen, so erniedrigt fühlte er sich.

Er war in der Hand seines Doktoranden. Werner Baume wusste es und fragte sich, warum er das zugelassen hatte und was er hätte tun müssen, um diesen Zustand erst gar nicht eintreten zu lassen. Aber er, der in seinem Fachgebiet eine Koryphäe war, fand hier keine Lösung. Vieles ging ihm durch den Kopf, aber ab einem Punkt zwang er sich, nicht weiterzudenken. Er schämte sich vor sich selbst und wusste auch nicht, wie er mit seinem Gedankenchaos umgehen konnte. Trotzdem ging es ihm nach und nach besser, was sich auch an seiner Gesichtsfarbe und seiner Körperhaltung zeigte.

Als der Urlaub geplant wurde, schlug Doro vor, dass Friedo mitfahren sollte. Sie wies auf seine Unentbehrlichkeit hin in Bezug auf Jörgens Tenniskenntnisse, die Einkäufe, das gemeinsame Joggen. Sie nannte viele Gründe. Werner sagte nichts, er nickte nur, Friedo Schleich von Weißbeck fuhr mit.

Heute waren sie in diesen pittoresken Ort gefahren und saßen nun vor der Bar. Seit drei Tagen lebten sie in dieser wunderschönen Umgebung. Das geräumige Ferienhaus verfügte über eine breite Terrasse, von der man einen herrlichen Blick auf den höchsten Berg der Region hatte.

Aber von Anfang an hatte Werner dieses Grummeln im Magen gespürt, das ihn auch jetzt wieder quälte. Er versuchte, es nicht wahrzunehmen. Er überspielte es, indem er bei der Hausarbeit etwas mithalf, mit den Kindern spielte, sie ins Bett brachte, Doro auf ein neues Buch hinwies und einkaufen ging.

Doro reagierte erstaunt, auch etwas befremdet, Jörgen blieb wie immer in sich gekehrt, Friedo ging ihm aus dem Weg. Nur Flora freute sich unbändig und ließ ihren Vater kaum aus den Augen.

Aber seit gestern wusste er plötzlich, dass es so nicht weitergehen konnte, dass er sich der Sache stellen musste, aber welcher Sache?

Er hatte ein Buch unter den Arm geklemmt und sich unter den Olivenbaum gesetzt, der am Ende des Gartens stand. Mit dem aufgeschlagenen Buch als Tarnung auf dem Schoß grübelte er vor sich hin. Immer wieder liefen seine Überlegungen auf die Frage hinaus: Bin ich mit meinem Leben zufrieden?

Eigentlich war er es schon. Er hatte viel erreicht. Er war ein anerkannter Professor, hatte eine Frau, die als äußerst charmant galt und seinen gesellschaftlichen Werdegang unterstützte. Er hatte zwei wohlgeratene Kinder, von denen ihm eins besonders ans Herz gewachsen war. Er kam mit seinen Überlegungen nicht weiter.

Während Werner Baume jetzt vor der Bar saß, merkte er plötzlich, wie in sich gekehrt er neben den anderen saß. Wie lange mochte er so abwesend gewesen sein? Er erinnerte sich, dass er anfangs einige Sätze geäußert hatte. Er sah, dass Jörgen nicht mehr auf seinem Platz saß, seinen Weggang hatte er gar nicht bemerkt. Floras Blicke hatten ihn, so meinte er sich zu erinnern, einige Male gestreift, und dann hatten sie sich angelächelt.

Er sah zu Doro und Friedo hin; sie hatten seine Zurückhaltung wahrscheinlich gar nicht wahrgenommen, sondern unterhielten sich angeregt. Er bemerkte Friedos Selbstgefälligkeit, wie er sich nach rechts und links drehte, damit alle Frauen mitbekamen, was für ein prachtvoller, junger Mann er war.

Plötzlich wusste Werner, dass er das hier nicht mehr wollte. Er wollte weg, weg von diesem Platz, weg aus diesem Land, weg von diesem bisher gelebten Leben.

Das Bild von Helmut tauchte vor ihm auf. „Ich fliege morgen nach Kanada", beschloss Werner. „Ich muss Helmut wiedersehen. Ich hoffe, dass er mich versteht und mir helfen kann, meinen, unseren Weg zu gehen".

Kurz tauchte der Gedanke auf, dass Helmut vielleicht keine Hilfe sein könnte oder wollte. Trotzdem wusste Werner Baume, dass ihn auch das nicht davon abhalten würde, seinen eigenen Weg zu suchen und auch zu gehen.

Er musste lächeln, denn er dachte gerade, dass sich, wenn er ein Dichter des Sturm und Drang wäre, nun die Elemente beruhigen und eine strahlende Sonne am Himmel sichtbar würde. Aber die schien schon seit drei Tagen.

Er erhob sich und ging quer über den Platz. Als er die trippelnden Schritte hinter sich hörte, blieb er stehen, um auf Flora zu warten, nahm sie bei der Hand und ging weiter.

Monsieur Lucs Kummer

„Schau mal", rief die Frau, „er rennt nicht mehr. Aber, mein Gott, wie sieht er denn aus!? Total geschafft."

Der Mann blickte vom Balkon hinunter auf den Platz und sah es auch: Monsieur Luc ging mit gesenktem Kopf und hängenden Schultern zur Bar. Es sah aus, als würde er enorme Gewichte tragen, auch schien er um Jahre gealtert.

„Das ist ja seltsam", sagte er, „als wir vor einigen Tagen abfuhren, um Agnes und Robert zu besuchen, war er schon eine Woche lang nur im Laufschritt vom Auto ins Haus, vom Haus in die Bar, wo er sein Mittagessen hinunterschlang, und von der Bar zum Auto gerast."

Die beiden erinnerten sich, dass sein Fahrstil ebenso geworden war. Mit viel zu hoher Geschwindigkeit fuhr er los, so dass sich der alte Mischlingsdackel Hugo nur mit einem für sein Alter tollkühnen Sprung in Sicherheit bringen konnte. Er hatte es daraufhin vermieden, Monsieur Lucs Auto zu nahezukommen. Immer wieder hatte Hugo ihn vorwurfsvoll angesehen, aber dieser hatte gar nichts bemerkt und war weitergehetzt.

Was war mit Monsieur Luc los? Hatte er in der Krokodilfarm Handwerker, die er beaufsichtigen musste, oder gab es Ärger mit den Angestellten? Aber das glaubten die beiden eigentlich nicht, denn er war ein beliebter Arbeitgeber.

Etwas beunruhigt waren sie zu ihren Freunden gefahren und hatten sich gewünscht, dass während ihrer Abwesenheit alles wieder ins Lot kommen würde.

Und jetzt das!

Monsieur Luc erhob sich gerade, um zu seinem Auto zu schlurfen. Er sah nicht nach oben, so bemerkte er nicht, dass die beiden gestern Nacht zurückgekommen waren.

„Ich gehe nachher, wenn er wiederkommt, bei ihm vorbei und frage, was los ist", sagte der Mann. „Bis dahin erzähle ich dir eine Geschichte", versprach die Frau.

Monsieur Luc wurde, nachdem er den Nobelpreis für Biologie erhalten hatte, immer erfolgreicher. Sein Unternehmen hatte sich zu einem großen Wirtschaftsfaktor in der Region entwickelt. Aus dem In- und Ausland reisten Biologen an, um seine Methode der Krokodilaufzucht und -haltung kennenzulernen.

Die Schar seiner Krokodile wuchs ständig, und alle sahen wohlgenährt und gesund aus. Einige Besucher behaupteten sogar, dass sie zufrieden aussähen.

Monsieur Luc war meistens glücklich, aber manchmal sehnte er sich nach der Ruhe der vergangenen Zeit, als er noch voller Pläne war und lediglich ein Krokodil in seiner Badewanne wohnte. Damals musste er sich nur mit den uneinsichtigen Atomkraftwerkbesitzern, die ihm die warmen Abwässer ihrer Anlage nicht zur Verfügung stellen wollten, und den lauernden Tierschützern herumschlagen.

Abends konnte er aber die Beine vor dem Fernseher ausstrecken, Sternchen, sein Krokodil, war aus der Badewanne geklettert, lag neben ihm und wollte gekrault werden.

Jetzt waren viele Menschen von ihm abhängig: Tierärzte, Tierpfleger, Praktikanten, Reinigungspersonal, Personal an Verkaufsständen und Kassen, Sekretärinnen, Buchhalter und so weiter und so weiter.

Zum Glück hatte er meist gute Leute, die sich einsetzten, die mitdachten und auf die er sich verlassen konnte.

Aber im Moment hatte er Personalsorgen. Zwei seiner besten Leute, die ihn immer wieder einmal vertraten, saßen schon seit zwei Wochen mit den beiden Blaustirnkrokodilen, die sie für die Farm gekauft hatten, auf einer kleinen Insel fest, weil sich der Kapitän des einzigen großen Schiffes, das die Insel wöchentlich anfuhr, weigerte, die Krokos mitzunehmen.

Monsieur Luc hatte gerade einen dritten Mitarbeiter mit genügend Euros losgeschickt, um entweder den Kapitän umzustimmen oder einen Helikopter zu ordern, um die Krokos auszufliegen.

Außerdem musste er vor einigen Tagen einen Praktikanten entlassen, den er eigentlich für außergewöhnlich fähig hielt.

Über den Einfluss der Infrarotbestrahlung von Krokoeiern auf das spätere Sozialverhalten kleiner Krokodile wollte der junge Mann seine Doktorarbeit schreiben.

Monsieur Luc hatte sich zwar gewundert, dass der Praktikant diesbezüglich keine Fragen an ihn oder die beiden Tierärzte und die Pfleger stellte, aber der junge Mann war eifrig, immer bereit, den Nachtdienst zur Eischlüpfzeit zu übernehmen und beschäftigte sich viel mit den kleinen Krokorüpeln.

Seit einiger Zeit stellten die Pfleger einen erheblichen Erschöpfungszustand an einigen Jungkrokos fest, den aber niemand erklären konnte. Auch der Praktikant war ratlos.

In der Nacht zum 14. Juli, dem Nationalfeiertag, war Monsieur Luc zur Krokodilfarm gefahren. Vorgehabt hatte er es nicht, aber da an diesem Abend keine Nachtwache anwesend war und das für diesen Abend übliche Feuerwerk besonders prächtig ausfallen sollte, wollte er sehen, wie die drei kleinen Krokodile, die man vor einigen Tagen aus dem Aufzuchtbecken zu den großen Krokos gebracht hatte, darauf reagieren würden.

Alles war ruhig, das Knallen der Feuerwerkskörper schien sogar schlaffördernd zu wirken. Jetzt hätte Monsieur Luc nach Hause gehen können, aber plötzlich hatte er Lust, durch seine Farm, seinen verwirklichten Traum zu streifen. Überall das gleiche friedliche Bild: schlafende, träumende Krokos.

Da hörte er einen Laut, der ihm unbekannt war. Das waren nicht die Wasserpumpen und auch nicht das Knacken der Wärmestrahler. Monsieur Luc stutzte, dann ging er entschlossen auf das Geräusch zu. Je näher er kam, desto lauter und schriller wurde es. Es hörte sich an, als schrien Menschen in Wettkampfstimmung.

Monsieur Luc stand jetzt vor der Türe, die zu einem Raum führte, in dem Futter gelagert wurde. Aber zurzeit war er leer, da die Krokos erst in drei Tagen wieder gefüttert werden mussten. Vorsichtig öffnete er die Tür und sah eine Menschengruppe vor sich. Männer mit hochroten Gesichtern brüllten um die Wette und schienen jemanden anzustacheln.

„Ein Ringkampf!", ging es ihm durch den Kopf.

Plötzlich drehte sich einer der Männer um und starrte ihn mit offenem Munde an. Verstohlen knuffte er seine Nachbarn in die Seiten, die sich auch umdrehten und genauso entsetzt schauten.

In Windeseile trat Stille ein, und Monsieur Luc meinte die Angst der Männer riechen zu können. Es bildete sich eine Gasse, durch die er gehen konnte. Und dann sah er es: eine kleine Arena, in der sich zwei Krokorüpel in Kampfhaltung gegenüberstanden. Aber auch sie hatten wohl etwas bemerkt, denn sie standen wie versteinert.

Und so saß auch ein Mann hinter seinem kleinen Tisch: sein Praktikant!

Geldstapel lagen vor ihm.

Und schneller, als der junge Mann denken konnte, war er entlassen. Seine Arbeiter und deren Freunde schickte Monsieur Luc mit harten Worten nach Hause und warnte sie, am nächsten Tag auch ja nicht eine Minute zu spät zur Arbeit zu kommen.

Er packte die zwei müden Krokokinder unter seine Arme und brachte sie in kleine Einzelkäfige, damit sie sich richtig ausschlafen konnten.

Das machte er auch mit den acht weiteren Krokorüpeln, die er noch in dem Raum fand. Zum Teil hatten sie schon gekämpft, denn sie merkten gar nicht, dass sie vorsichtig in ihre Gehege gebracht wurden.

Monsieur Luc war wütend. Wie konnte man so mit seinen Tieren umgehen!?

Aber es gab noch weitere Dinge, die ihn aufregten, zum Teil auch richtig wütend machten:

So störten ihn die vielen Bittbriefe, die er erhielt.

Da wollte ein Schulzoo ein kleines Kroko haben, ohne zu erklären, wie es untergebracht werden sollte.

Eine Biologielehrerin bat in einem wohlformulierten Brief um ein Krokoei, um den Schülern das Thema „Geburt" zu veranschaulichen.

Ein Ölscheich bat um ein ausgewachsenes Krokodil, weil er sich von einem Krokobraten ewige Jugend versprach. Auf die ironische Rückfrage von Monsieur Luc, warum denn der Scheich kein Krokodil aus seinen eigenen Gewässern angeln würde, erhielt er die Antwort, dass das nicht ginge, da seine unter das Artenschutzgesetz fallen würden.

Besonders schlimm waren die Nachfragen vor Weihnachten. Wie viele Männer baten um etwas Haut von Krokodilen, damit sie ihrer Frau oder Freundin Krokoledertäschchen machen lassen konnten.

Auch mochte Monsieur Luc gar nicht daran denken, was man ihm schon alles andrehen wollte. Unter anderem singende, hüpfende, Rollschuh fahrende Krokos.

Ein Albino war ihm einmal angeboten worden, den sich Monsieur Luc anschaute und von den Polizisten, die er mitgebracht hatte, sofort konfiszieren ließ, um das arme Tier schnell von der weißen Farbe, mit der es der Händler angestrichen hatte, zu erlösen und ihm ein artgerechtes Leben zu ermöglichen.

Ja, all das machte Monsieur Luc traurig, manchmal wütend, manchmal auch hilflos.

Irgendwann hatte er dann beschlossen, auf seiner Dachterrasse ein kleines Krokobecken zu bauen, auf die restliche Terrasse hatte er Saharasand geschüttet.

Dorthin brachte er ab und zu kranke Krokos oder diejenigen, die altersbedingt auf dem Weg ins Krokoparadies waren.

Mit Genugtuung erinnerte er sich an die alte Berthe, die vom oberen Nil stammte. Sie hatte ihre letzten Monate hier verbracht und war zufrieden in seinen Armen eingeschlafen.

So wie die Menschen manchmal eine Auszeit brauchen, so bekamen einzelne Krokodile die Möglichkeit, dem Lärm der Touristen, die sich im Sommer durch die Farm schoben, für einige Zeit zu entkommen.

Und wenn Monsieur Luc nach einem langen Arbeitstag einem Kroko beim Baden zusehen oder neben ihm sitzen konnte, war er vollkommen entspannt und mit seinem Leben zufrieden.

Aber alle Probleme, die er hatte, waren nichts gegen den Kummer, der ihn im Moment umtrieb.

Er war unendlich traurig, denn Sternchen ging es nicht gut. Es machte ihr nicht nur ihr Alter zu schaffen, sondern seit einiger Zeit litt sie unter heftigen Depressionen.

Monsieur Lucs Herz hing an Sternchen, sie war sein erstes Krokodil gewesen. Er hatte es nicht nur selbst gefangen, sondern auch aufgezogen. Zwar hatte es den beiden auf dem Balkon vor Jahren je ein Bein weggefressen, aber ihm hatte es Glück gebracht. Und eigentlich den beiden auch, die jetzt auf ihrer Terrasse sitzen und sich Geschichten erzählen konnten.

Immer, wenn er bisher in Sternchens Nähe gekommen war, war sie auf ihn zugeschlurft und hatte sich gefreut, wenn er sie kraulte. Oft hatte er sie nach seiner Arbeit in sein Auto gepackt und zu Hause in die Badewanne gesetzt – so wie früher.

Unter den Krokos hatte Sternchen von Anfang an eine Sonderstellung, da alle anderen Krokodile wussten, dass sie Monsieur Lucs große Liebe war. Sobald ein neues Krokodil auf der Farm ankam, erfuhr es als erstes von den anderen, was es mit Sternchen auf sich hatte

Aber jetzt wuchs weltweit eine neue Generation heran, die sich wenig oder auch gar nicht um das Althergebrachte scherte.

Auf der Farm lebten seit einiger Zeit drei Krokogirlies aus Florida – von Monsieur Lucs Mitarbeitern die US-Sisters getauft – und zwei Krokojünglinge aus Brasilien.

Die Alteingesessenen lächelten über diese spätpubertierenden Wesen, die oft mit ihrer Kraft und Oberflächlichkeit nicht umzugehen wussten, aber von sich, ihrer Schönheit und Einzigartigkeit überzeugt waren.

Die Krokosenioren sahen nicht oder wollten nicht wahrhaben, dass ihnen das Heft aus der Hand genommen wurde. Sternchen sah die Gefahr und machte die anderen darauf aufmerksam. Diese vertrauten aber auf Sternchens Weisheit, die schon alles richten würde, und hofften, sollte der schlimmste Fall eintreten, auf Monsieur Lucs Hilfe. Sie hätten aber keinem erklären können, was sie unter dem „schlimmsten Fall" verstanden.

Jetzt war dieser Fall eingetreten:

Eine US-Sister sonnte sich am kleinen Tümpel und bewegte dabei aufreizend ihre Hüften. Ein Brasil-Boy, der gerade sein Muskelaufbautraining beendet hatte, bemerkte dies und raste auf sie zu. Schritt für Schritt nahm er den kürzesten Weg. Es war ihm gleichgültig, wer oder was im Weg lag, er machte keinerlei Umweg.

Kein Kroko sagte etwas, jedes machte sich ganz klein, so dass Brasil-Boy leichtfüßig und auf dem direktesten Weg über das geduckte Krokodil klettern konnte.

Und dann raste er auf Sternchen zu. Alle Krokos hielten die Luft an. Das hatte bisher noch niemand gewagt. Er würde es doch nicht wagen! Doch, er wagte es!

Sternchen war kurz vorher wach geworden und sah das Unheil auf sich zukommen. In Sekundenschnelle erkannte sie die Bedeutung dieser Tat. Sie wusste, dass Krokodile ungern Umwege gingen und öfters einfach über ein ruhendes kletterten, das ihnen im Weg lag. Manchmal war auch das ein oder andere Krokodil so müde vom Laufen, dass es einfach beim Drüberklettern innehielt und auf dem anderen ein Nickerchen machte. Das war alles normal, aber nie – NIE hatte es jemand gewagt, über sie zu klettern, jeder hatte bisher vor ihr Achtung.

Und jetzt raste dieser Lümmel auf sie zu, sie sah ihm direkt in die Augen, aber Brasil-Boy kletterte, ohne mit der Wimper zu zucken, über sie hinweg

Die Krokodile, die dem Schauspiel mit offenem Mund zugesehen hatten, machten klapp-klapp ihr Maul wieder zu. Sie wagten aber nicht mehr zu atmen, sodass sie fast blau anliefen.

Sternchen lag wie versteinert da. Sie wusste, wenn der Bursche es gekonnt hätte, wäre er durch sie hindurchgelaufen.

Mit niedergeschlagenen Augen schlurfte sie an den anderen vorbei in eine Ecke. Die Krokos duckten sich.

Kurz darauf schaute Monsieur Luc in das große Krokodilbecken und merkte sofort, dass etwas Außergewöhnliches geschehen sein musste: Alle Krokos waren verschüchtert, Sternchen kauerte apathisch am Boden. Nur die Sisters und Boys waren bester Laune und schienen nicht zu merken, dass Furchtbares geschehen war.

Monsieur Luc nahm das apathische Sternchen an die Leine, packte es auf den Rücksitz seines Wagens und fuhr nach Hause.

Musik, Wärmflasche, Hirsebrei. Alles, was Sternchen liebte, gab er ihr. Wie konnte er sie nur aus der Starrheit lösen und wieder erheitern?

Nachts konnte er vor Kummer um sein Lieblingskrokodil und vor Wut über die fünf Halbstarken nicht schlafen, denn er ahnte, dass sie die Übeltäter waren. Und so kam es, dass er einen Krokodilmaulkorb entwickelte, den er am nächsten Morgen in fünffacher Ausführung anfertigen ließ und schon mittags seinen verdutzten Halbwüchsigen anlegte.

So schnell wie diese fünf war noch kein Krokodil diszipliniert worden.

Einige Tage später brachte er Sternchen, das sich bei ihm leidlich erholt hatte, zurück in das große Becken.

Die übrigen Krokodile umstanden sie sofort im Halbkreis und zeigten ihr, wie sehr sie sich freuten, Sternchen, ihr Leitkroko, wieder bei sich zu haben.

Aber diese zog sich sofort wieder in sich zurück. Sie wollte die Macht nicht mehr haben. Ihre Zeit war vorbei. Traurig lag sie in ihrer Ecke und verweigerte die Leckerbissen, die die anderen Krokos für sie aufgehoben hatten.

Monsieur Luc nahm Sternchen wieder mit nach Hause, wo sie sich nach einiger Zeit etwas erholte. Als er sie auf die Farm zurückbringen wollte, weigerte sie sich. Sie hielt sich mit ihrem Maul am Türpfosten fest, und dicke Tränen liefen aus ihren Augen.

Monsieur Luc war erschüttert.

„Du darfst hier bleiben", flüsterte er. Sternchen lächelte glücklich.

Aber so zufrieden sie auch war, sie wurde in den folgenden Tagen immer dünner und schwächer.

Der Tierarzt, der nun jeden Tag nach ihr schaute, wies Monsieur Luc auf das hohe Alter hin und sprach davon, dass ihr Ende unvermeidbar sei. Monsieur Luc war untröstlich und schwor, ihr die letzte Zeit so schön wie möglich zu machen.

Und dann stand er plötzlich unter großem Zeitdruck. Und das, wo er doch schon enorme Personalsorgen hatte. Jetzt war auch noch die Oberpflegerin krank geworden, und gestern wollte einer seiner Tierärzte ein Kroko für eine Operation betäuben, als die Spritze abrutschte und den Tierarzt in den Fuß stach. Er war sofort eingeschlafen und lag nun im nahen Krankenhaus, wo er bestimmt noch zwei Tage träumen würde.

Diese beiden musste Monsieur Luc jetzt auch noch vertreten, und Sternchen war die ganze Zeit über allein zu Hause, wo sie doch so schwach war.

Tagelang war er zwischen Krokodilfarm und seiner Wohnung hin und her geflitzt. Außerdem waren auch noch alle Freunde verreist, die er hätte bitten können, zwischendurch nach Sternchen zu sehen.

Aber jetzt kann Monsieur Luc nicht mehr. Er hat keine Kraft, weiter zu flitzen. Jetzt kann er nur noch schlurfen und ist todtraurig.

Sie sah ihren Mann an. „Ein Glück", sagte dieser. „Ein Glück, dass wir wieder da sind. Wir übernehmen die Pflege von Sternchen. Ich sage es Monsieur Luc, wenn er wiederkommt."

„O, mein Lieber", sagte sie. „Habe ich so realistisch erzählt, dass du meine Geschichte für wahr hältst? Aber gehe ruhig zu ihm und frage ihn, was los ist."

Als Monsieur Luc um Mitternacht immer noch nicht da war, gingen die beiden schlafen. Irgendwann in der Nacht hörten sie sein Auto, und da sie sich am nächsten Morgen verschliefen, war Monsieur Luc schon wieder weggefahren.

SMS – Lyrik

Nachmittage wie diesen liebten sie. Es war angenehm warm, aber der leise Wind verhinderte, dass es zu heiß werden würde und sie später in das Haus fliehen müssten. Schläfrig hatten sie bis vor einigen Minuten in ihren Liegestühlen gelegen. Vielleicht war es doch nicht so gut gewesen, das Mittagessen so üppig zu gestalten.

Nun hatten sie beschlossen, etwas zu tun, um nicht einzuschlafen. Während er den Espresso aufsetzte, kramte sie die Briefe, die noch beantwortet werden mussten, hervor, klemmte diese zusammen mit dem Briefpapier unter den linken Arm und trug den Laptop. So bepackt, betrat sie wieder den Balkon und legte alles auf dem Tisch. Dort hatte er es sich schon bequem gemacht, und bevor beide mit dem Abarbeiten der Briefschulden begannen, schauten sie noch einmal über den Platz.

In diesem Moment setzte sich ein Paar an einen der Bartische

Schon kam Christophe, um die Bestellung entgegenzunehmen.

Während sich die beiden auf dem Balkon noch kurz über Christophe unterhielten, der gerade zurück zur Bar lief, sahen sie, dass der junge Mann ein Handy aus der Tasche zog und etwas eintippte. Nach einiger Zeit schien er seine Nachricht abgeschickt zu haben, denn er hob den Kopf und blickte lächelnd über den Platz.

Inzwischen hatte auch die Frau ihr Handy in der Hand. Sie überlegte kurze Zeit und tippte dann auch etwas ein.

In der folgenden halben Stunde konnten die beiden auf dem Balkon immer wieder beobachten, dass sich sowohl der junge Mann als auch die junge Frau fast ausschließlich mit ihrem Handy beschäftigten; miteinander sprachen sie kaum, lediglich ab und zu lächelten sie sich kurz an.

„Siehst du", sagte die Frau auf dem Balkon, „wie gut es die jungen Leute heute haben. Wenn der Partner zu langweilig wird, muss man das nicht ertragen, sondern schafft sich auf andere Art Unterhaltung."

Da das Zuschauen aber nichts Neues mehr bot, widmeten sie sich der Erledigung ihrer Post. Deshalb bekamen sie nicht mit, als das Paar zahlte, aufstand und langsam über den Platz schlenderte,

Kurz bevor es um die Ecke bog, blickte der Mann von seinem Laptop auf, um noch einmal zu überdenken, was er gerade seinem Freund schreiben wollte. Gedankenverloren streifte sein Blick über den Platz.

„Guck mal da", rief er seiner Frau zu, „das verstehe einer!"

Sie hob den Kopf und sah, wie sich das Paar lachend im Arm hielt und um die Ecke verschwand.

„Seltsam", sagte sie, „die zwei schienen sich doch wirklich nichts mehr zu sagen haben."

„Vielleicht ist es ja folgendermaßen", sagte der Mann nach kurzer Überlegung und begann:

Die jungen Leute kennen sich schon länger, haben beide einen Beruf, der ihnen großen Spaß macht, sie aber immer wieder voneinander trennt. So nutzen sie die gemeinsame Zeit, um sich wieder nahe zu sein.

Gerade sind sie mehrere Stunden gewandert, und jeder hat dem anderen erzählt, was er in der Zeit ihrer Trennung erlebt hatte. Sie haben auch darüber nachgedacht, ob dieses Leben, das sie im Moment führen, für ihre Beziehung bereichernd oder abträglich ist. Zu einer eindeutigen Meinung sind sie nicht gekommen, merkten aber, dass dies etwas sein würde, worüber sie immer wieder nachdenken müssten.

Zuletzt sind sie nur noch müde nebeneinander hergegangen und haben dann beschlossen, in dem schönen Ort auf dem Hügel einen Pastis zu trinken.

Jetzt sitzen sie vor der Bar im Halbschatten und warten, dass ihre Bestellung ausgeführt wird. Plötzlich kommt ihm die Idee, seiner Partnerin eine SMS zu schicken. Nach kurzer Überlegung tippt er ein.

Der Sommer ist hier ausgebrochen,
mir ist es warm ganz ausgesprochen.

Als auf seinem Display „Nachricht gesendet" erscheint, klingelt ihr Handy.

„Du bist jetzt dran", sagte der Mann auf dem Balkon.

Verdutzt schaute sie ihn an.

„Die SMS ist doch jetzt bei der Frau angekommen, und dir als Frau wird bestimmt eine angemessene Reaktion einfallen", meinte er lachend.

Die Frau überlegte kurz und erzählte weiter:

Sie ist erstaunt. „Wer ruft mich denn hier an?"

Als sie die Nummer sieht, schaut sie ihren Partner kurz fragend an, um dann schnell wieder auf ihr Handy zu schauen, um die Meldung nicht zu verpassen..

Als sie sie liest, muss sie lachen. Dann tippt sie etwas ein, schickt es ab, und sein Handy klingelt.

Die Frau auf dem Balkon machte eine Pause. Als ihr Mann nicht reagierte, rief sie: „Hey, dein Handy klingelt. Schau nach!"

„Das ist nicht fair", sagte er lachend, „jetzt muss ich ja schon wieder dichten."

Wie schön, dass hier die Sonne scheint
Und meine Seele nicht mehr weint.

Diese SMS liest der junge Mann und fragt sich, was sie wohl mit der zweiten Zeile meint. Aber nach dem langen, intensiven Gespräch während der Wanderung hat er im Moment keine Lust mehr, einen tieferen Sinn zu suchen. Er möchte das Heitere betonen und schickt schnell folgenden Text zurück:

Genießen wir das schöne Wetter,
dann geht alles sehr viel better.

„Na, das war ein unreiner Reim; mal schauen, ob es bei mir besser klappt."

„Dann lass dich mal von der Muse küssen", riet ihr Mann.

Die junge Frau schüttelt wegen des Reimes etwas den Kopf. Jetzt hat sie der Ehrgeiz gepackt. Sie lässt sich Zeit und schaut sinnend über den Platz. Dann hat sie eine Idee:

Die Sonne scheint mir in's Gesicht
Und auch in's Herz, wer wollt das nicht!

Während die Frau auf dem Balkon noch dichtete, hatte ihr Mann schon überlegt, mit welchen Zeilen er sie überraschen konnte. Als er ihren Zweizeiler gehört hatte, gab er schnell zurück:

Ich sitze hier und denk an dich,
schick dir 'nen Kuss ganz heftiglich.

„Schade", sagte seine Frau, „dass lediglich der junge Mann diesen schönen Gedanken hatte. Heiße Küsse von dir würden mir auch gefallen."

„Man kann nicht alles im Leben haben", gab der Mann zurück. „Dafür sind wir täglich zusammen".

Die Frau erzählte weiter:

„Jetzt möchte ich ihm etwas schicken, was meine momentane Situation näher umschreibt", überlegt die junge Frau und tippt:

Ich sitz nun hier und ess' Salat
Und denk an dich von früh bis spat.

„Ob die beiden da unten so gut wie wir gedichtet haben?", fragte sich der Mann. Dann brauchte er etwas länger, ehe er den Faden der Geschichte weiterspinnen konnte:

Der junge Mann schaut seine Partnerin lange an, dann fällt ihm folgendes Gedicht ein:

Das Weinchen, das hat gut geschmeckt,
das Glas' hätt' ich gern ausgeleckt,
wenn ich allein gewesen wär.
Was lastet doch die Sitte schwer!

„Der Text passt zu dir,", lachte die Frau auf dem Balkon. Dann nahm sie sich viel Zeit, bevor sie weitererzählte:

„Soso", sagt die junge Frau, nachdem sie die SMS gelesen hat. „Lenk' nicht von der Liebe ab." Und sie verschickt folgenden Text:

Heut kennen wir uns schon drei Jahre
Und lieben uns trotz grauer Haare.
Nein, wegen ihnen und der Krisen,
die unzertrennlich werden ließen.

„Du hängst die Latte der Dichtkunst aber jetzt hoch", sagte der Mann auf dem Balkon. Er dachte angestrengt nach, grinste und erzählte dann weiter:

Der junge Mann weiß, dass er jetzt gefordert ist. Nein, einen Vierzeiler will er jetzt noch nicht absenden, aber vielleicht wird ihr diese SMS gefallen?

Oh, ich spür es in der Lende,
jetzt beginnt das Wochenende.

Die Frau lachte schallend auf. „Diese SMS hat die Frau nicht bekommen", rief sie, „sonst wäre sie nicht so ruhig gewesen." Sie fuhr fort:

Die junge Frau hätte am liebsten aufgelacht, aber da sie nicht möchte, dass alle mitbekommen, welches Spiel sie spielen, hält sie sich schnell den Schal vor den Mund.

Der Text scheint aber ihre Kreativität beendet zu haben, und so fällt ihr nur dieser Text ein:

Ich freue mich, dich hier zu sehn,
dann kann kein Trennungsschmerz entstehn.

Während bei ihm das Handy klingelt, sagt sie nur leise: „Das war's."

„Gut", meinte der Mann auf dem Balkon, „lassen wir unser Paar nun vom Platz gehen und beenden die Geschichte."

Der junge Mann nickt ihr zu. Während sie auf die Rechnung warten, entscheidet er sich für diesen abschließenden Text:

Wenn wir steigen in die Betten,
schützen uns die Jalousetten
vor den Blicken böser Buben,
die reinschaun wolln in unsre Stuben.

Berufliche Veränderung

Gegen Mittag des nächsten Tages beobachteten die beiden auf dem Balkon schon eine ganze Zeit lang ein Paar, das auf einen etwa vierzehnjährigen Jungen einredete.

Dieser sagte kaum etwas und sah sehr unglücklich aus. Er fiel immer mehr in sich zusammen, sein Kopf war tief auf seine Brust gesunken.

In diesem Moment fuhr Monsieur Luc auf den Platz, stieg aus seinem Auto, und zur Erleichterung der beiden Betrachter rannte er nicht zu seinem Haus, er schlurfte auch nicht, sondern ging mit festen Schritten zur Bar, setzte sich an den Nebentisch der drei und bestellte ein Bier, wie er es früher immer getan hatte.

„Jetzt sieht er schon wieder besser aus. Zwar hattest du nicht recht, dass Sternchens letzte Stunde naht, aber die Schwierigkeiten, die er mit dem Ausbau der Krokodilfarm hat, können einem wirklich jede Energie rauben", sagte der Mann.

„Zum Glück habe ich mich geirrt. Wie gut, dass ich heute beim Metzger mitbekommen habe, wie Madame Blaise dem alten Pierre von Monsieur Lucs Problemen erzählte. Aber es hat jetzt den Anschein, als hätten sich diese reduziert. Er sitzt ja richtig entspannt da unten", stellte die Frau fest.

Da sahen die beiden, dass sich Monsieur Luc plötzlich zu dem Tisch umdrehte, an dem die drei saßen, und kurz mit dem Paar sprach. Die Erwachsenen schienen erst überrascht zu sein, dann nickten sie zustimmend und sahen den Jungen an. Dieser war nicht mehr wiederzuerkennen, er saß jetzt aufrecht auf seinem Stuhl und strahlte über das ganze Gesicht.

Die Frau auf dem Balkon wollte gerade weiter in ihrem Buch lesen, als ihr Mann plötzlich ganz unvermittelt sagte: „Weißt du was? Ich erkenne jetzt den Jungen. Das ist der, der in den letzten Monaten die Autos hier im Ort aufgebrochen hat."

Die Frau schüttelte missbilligend ihren Kopf: „Erzähl doch keinen Unsinn. Wie kommst du nur zu dieser Vermutung?"

„Das werde ich dir gleich erzählen," sagte der Mann.

Dieser Junge, nennen wir ihn Jules, ist schon mehrmals von seinem Vater mitgenommen worden, wenn dieser die Bar besuchte.

Sie wohnen im Nachbarort, wo sie in recht bescheidenen Verhältnissen leben.

Der Vater ist ein kleiner Gauner, der, wenn er einmal Geld hat – was nicht oft vorkommt – es sofort unter die Leute bringt und den großen Zampano spielt.

Das Familieneinkommen wird von der Frau erarbeitet, die tagsüber bei mehreren Familien putzt und morgens für eine Bäckerei die Brote ausfährt. Von ihrem Mann hält sie nicht viel. Sehr schnell hat sie erkannt, dass er ein Aufschneider ist, der tagsüber mit seinem Moped die Dorfplätze in der Umgebung umrundet, in den Bars große Reden führt, sich aber vor jeder Arbeit drückt.

Sie achtet sehr darauf, dass ihre Tochter pünktlich in den Kindergarten und Jules zur Schule gehen. Und dass er gewissenhaft seine Hausaufgaben macht. Sie versuchte immer zu verhindern, dass ihr Mann einen zu großen Einfluss auf die Kinder ausübte, besonders aber auf ihren Sohn. Doch weil sie oft arbeiten muss, konnte sie nicht auf alles achten.

Sie machte sich schon seit langer Zeit Vorwürfe, dass sie sich nicht frühzeitig von ihrem Mann getrennt hat. Aber wenn sie nachmittags nach Hause kam, hatte sie für Auseinandersetzungen keine Kraft mehr, schaffte kaum noch die Hausarbeit und fiel abends todmüde ins Bett.

Der Mann wusste, dass er bei seiner Frau keinen Blumentopf gewinnen konnte, zum Glück aber hörte sein Sohn seine Geschichten von den Reisen, die er immer wieder machte und die oft recht lange dauerten, noch ganz gerne. Er erzählte sie aber nur, wenn seine Frau nicht in der Nähe war. Doch zunehmend hatte er den Eindruck, dass auch Jules etwas kritischer ihm gegenüber wurde.

Er musste handeln. Und so beschloss er, seinen Sohn in die Gaunerei einzuführen. Jules hörte seinem Vater fasziniert zu, als der ihm erzählte, welche Dinger er schon gedreht hatte, und er war stolz, als sein Vater ihn fragte, ob er ab und zu mitmachen wollte.

Jules ahnte zwar, dass seine Mutter etwas dagegen haben würde, aber da sein Freund vor einigen Wochen weggezogen war, hatte er im Moment sehr viel Zeit.

Sein Vater meinte, zum Anfang seiner Karriere – ja, so nannte er das, und Jules wurde ganz rot vor Stolz – sollte er im Supermarkt und einigen kleinen Geschäften der Umgebung etwas mitgehen lassen.

Jules war zu diesem Zeitpunkt fünfzehn Jahre alt und keineswegs auf den Kopf gefallen. Er fand diese Art des Klauens langweilig und unter seiner Würde. Aber wenn der Vater es wünschte ...

Eines Nachmittags, die Mutter war putzen und die kleine Schwester spielte mit dem Nachbarhund, legte er zwei Paar Perlonstrümpfe, eine Dose Schuhcreme, eine Dauerwurst und einen Flaschenöffner auf den Tisch, an dem sein Vater gerade saß.

„So 'nen Kinderkram mach ich nicht noch mal. Da muss schon 'ne größere Nummer her", sagte er herablassend.

Sein Vater grinste und fragte lauernd: „Mein Sohn wünscht etwas Spektakuläres? Kannst du haben."

Und er erklärte Jules lang und umständlich, dass es äußerst einträglich sei, Autos besserer Marken aufzubrechen. Die Reichen würden immer irgendetwas im Auto liegen lassen. Wenn man mit einem spitzen Stein oder einem Meißel gegen eines der hinteren Fenster schlagen würde, wäre das Loch in der Regel so groß, dass man durchgreifen und eventuell sogar die Türen von innen öffnen könnte. Er hätte auch so angefangen und erhebliche Erfolge gehabt. Jules sollte nur darauf achten, Autos von Fremden, noch besser von Ausländern zu öffnen. Einheimische seien tabu.

Jules ging in den nächsten Tagen auf die Suche nach einem Stein, fand es aber dann nicht professionell genug. Zumindest wollte er etwas Unverfänglicheres.

Als er bei den alten Boulespielern vorbeikam, dachte er: „Das ist es. Wenn ich mit einer Boulekugel durch's Dorf schlendere, falle ich keinem auf. Außerdem ist sie sehr schwer. Wenn ich damit gegen die Scheibe schlage, splittert sie sofort."

So war es auch. Jules hatte sich einen alten Jaguar ausgesucht, der vor der Kirche stand. Der Wagen schien eine englische Nummer zu haben. Zumindest war es kein Schild, wie es die Autos im Departement hatten.

Als Jules durch das Loch greifen wollte, bekam er doch Angst und lief mit hochrotem Kopf so unauffällig wie möglich vom Ort des Geschehens.

Er erzählte seinem Vater stolz von seiner Tat und davon, dass er nicht erwischt worden war. Sein Vater fragte nur spitz nach der Beute. Jules log ihm vor, dass nur eine Kiste Gemüse auf dem Rücksitz gewesen sei, die er wegen der abgedunkelten Fenster vorher nicht erkannt habe.

Einige Tage später saß der Vater in der Bar und hörte, dass das Auto des Apothekers aufgebrochen worden war. Die Scheibe sei zerschlagen worden.

Die Empörung der Dorfbewohner war sehr groß, denn der Apotheker war beliebt, versorgte er doch manchen armen Schlucker im Ort auf eigene Kosten mit Medikamenten.

Der Vater erfuhr auch, dass der Apotheker vor einigen Jahren dieses Altertümchen an Auto erworben und mit viel Geld und Liebe wieder hergerichtet hatte. Er war damals sogar in die Kreisstadt gefahren und hatte sich ein spezielles Nummernschild genehmigen lassen.

Der Zorn des Vaters war groß, und er riet seinem Sohn, es bleiben zu lassen, er sei für derartige Aufgaben nicht zu gebrauchen.

Jules schämte sich, gleichzeitig wurde aber sein Ehrgeiz angestachelt.

Als er wieder einmal ins Dorf kam, sah er am Rande des Platzes ein Auto mit ausländischem Nummernschild stehen.

Der Mann auf dem Balkon machte eine Pause. Dann fuhr er fort:

Das war unser Auto. Auf dem Rücksitz glitzerte etwas. Jules konnte nicht genau erkennen, was es war. Er vermutete aber etwas Wertvolles.

Er nahm eine Boulekugel, die ein Spieler auf dem Platz hatte liegen lassen. Damit schlug er das Rückfenster ein. Als er nach dem Glitzernden griff, hatte er die Metallkette in der Hand, die wir gekauft haben, um unser Tor zu verschließen.

Jules war deprimiert, und sein Vater verbot ihm weitere Versuche, da er selbst einen Coup vorhatte und nicht die Polizei wegen seines Sohnes im Haus haben wollte.

Er musste seiner Familie mal wieder mit Geld imponieren, aber auf seine Andeutungen diesbezüglich zuckte seine Frau nur mit den Schultern und sagte im Beisein der Kinder zu ihm, dass er es einmal in seinem Leben mit Arbeit versuchen sollte.

Jules hatte kaum zugehört. Er war wütend über sich und wollte nicht von seinem Vater als Versager betrachtet werden. Deshalb fragte er einen Bekannten seiner Eltern, der im Nachbarort wohnt und eine kleine Autowerkstatt besitzt, ob er ihm ab und zu helfen dürfte. Geld wollte er auch nicht haben, aber ihm sei so langweilig.

Der Bekannte war einverstanden, und so war Jules oft bei ihm anzutreffen.

Hin und wieder wurden sie zu uralten Autos gerufen, deren Türen von den Besitzern zugeschlagen worden waren, ohne dass sie vorher den Schlüssel aus der Zündung gezogen hatten. Der Meister schaffte es immer wieder, in kurzer Zeit das Autoschloss gekonnt zu öffnen. Jules schaute mit großem Interesse zu.

Kurz vor Ostern war der Junge wieder im Dorf, er musste einer Bekannten seiner Mutter etwas bringen. Es war später geworden, da er mit dem Sohn dieser Frau noch eine Runde Boule gespielt hatte.

Nun wurde es schon dunkel. Jules setzte sich am Ortsausgang gerade auf sein Fahrrad, um loszufahren, als er einen alten VW aus den Niederlanden am Straßenrand bemerkte.

Jules hatte sein Werkzeug immer bei sich, jetzt wollte er versuchen, ob er ein Schloss öffnen konnte. Es klappte nicht ganz, das Schloss ging kaputt, die Türe ließ sich aber öffnen, und am Lack war kein Kratzer zu sehen.

Jules war stolz. Er hatte nur zwei Minuten und dreißig Sekunden gebraucht.

Im Auto lag nichts Brauchbares. Schade, er hätte so gerne seinem Vater, der im Moment so geheimnisvoll tat, etwas vorgezeigt.

Der Junge beschloss, nichts zu erzählen, sondern es in einigen Tagen noch einmal zu versuchen.

Gerade wollte er die Türe zuschlagen, als er vor der Rückbank eine Tüte voller Süßigkeiten sah: gefüllte Schokoladeneier, kleine Schokoosterhasen, gezuckertes Naschwerk und vieles, was er noch nie gesehen, geschweige denn gegessen hatte. Diese Tüte nahm er mit nach Hause. Er sagte keinem etwas, aber er war sehr zufrieden mit diesem Tag, während das holländische Paar immer noch über die Vorliebe des Diebes für Schokolade rätselt.

Der Vater war auch hochzufrieden und superstolz auf sich. Aber im Gegensatz zu seinem Sohn hielt er nicht den Mund, sondern sprach ohne Pause in Andeutungen: „Jetzt müssen wir uns keine Sorgen mehr machen ... Ihr könnt stolz auf mich sein ... Eure Mutter wird nicht mehr für fremde Leute putzen müssen ... Ideen muss man haben ..."

Seine Frau antwortete nicht, sondern drehte sich von ihm weg. Ärgerlich warf der Mann daraufhin viel Geld auf den Küchentisch, dann verschwand er Richtung Kneipe.

Mit rotem Kopf und wütend funkelnden Augen sammelte die Frau schnell das Geld zusammen und stopfte es in die Seitentasche einer Jacke ihres Mannes, die am Haken hing.

Mit offenem Mund hatte Jules zugesehen: „Warum steckst du das Geld nicht ein? Du kannst es doch gut gebrauchen", fragte er atemlos.

„Damit will ich nichts zu tun haben", rief seine Mutter mit sich überschlagender Stimme.

Erst spät in der Nacht kam der Mann zurück. Blau wie ein Veilchen und voller Wut, dass seine Frau ihn nicht ins Schlafzimmer ließ.

Am nächsten Morgen hatte die Frau ihre Kinder gerade geweckt, damit sie pünktlich zur Schule kamen, als die Polizei klingelte, um ihren Mann abzuholen.

Sie und die Kinder erfuhren, dass der Vater als angeblicher Verwandter eines alten Mannes in das Altenheim in der Nachbarstadt gegangen und dann von Zimmer zu Zimmer geschlichen war, um das Geld und auch den Schmuck der alten Leute zu stehlen, die gerade Mittagsschlaf hielten, auf der Toilette oder spazieren waren.

Die Mutter war fassungslos, dann weinte sie kurz, um danach laut über die Feigheit ihres Mannes zu schimpfen, der nur Unruhe und Ärger in die Familie gebracht hatte.

Jules hatte seine Mutter noch nie so aufgelöst erlebt, er holte ihr Taschentücher, legte den Arm um sie, an der anderen Hand hielt er seine kleine, weinende Schwester.

Als es ruhiger in der Küche wurde, hielt er den Zeitpunkt für gekommen, ihr von seinem Einbruch zu erzählen, der zwar nichts eingebracht hatte, aber für ihn doch gelungen war. Er versprach, dass er weiter üben und der Familie helfen würde.

Die Mutter verstummte augenblicklich, dann schrie sie, wie es die Kinder noch nie gehört hatten.

Sie sprang auf, der Stuhl, auf dem sie gesessen hatte, flog mit lautem Knall um, sie lief zur Schublade, holte den Kochlöffel heraus und schlug, weiterhin laut schreiend, ihren Sohn grün und blau.

Heulend schleppte sich Jules in sein Bett. Er verstand die Welt nicht mehr.

Nach einer ganzen Weile kam seine Mutter in sein Zimmer. Sie setzte sich auf sein Bett, streichelte ihm über den Kopf und erzählte ihm dann, dass sein Vater schon immer arbeitsscheu gewesen sei, sie aber gedacht habe, dass sie ihn ändern könnte. Aber selbst, als Jules und seine Schwester geboren wurden, habe der Vater keine Veranlassung gesehen, seinen Lebensstil zu ändern.

Um an Geld zu kommen, hatte er Einbrüche verübt. Und zwar ganz verwerfliche: Während die Wohnungsbesitzer im Gottesdienst oder auf einer Beerdigung waren, hatte er deren Wohnung aufgebrochen. Mehrmals hatte er deswegen im Gefängnis gesessen – von Auslandsaufenthalten, großen Reisen konnte gar keine Rede sein.

Dass er jetzt aber noch sein eigenes Kind zu Diebestouren angehalten habe, wollte sie ihm nie verzeihen. Sie würde sich jetzt definitiv von ihm trennen.

In Jules Kopf drehte sich alles.

Zum Schluss sagte seine Mutter noch: „Ich habe eben mit meinem Bruder telefoniert. Er wird morgen kommen, und ich werde mit ihm überlegen, wie wir jetzt unser Leben neu ordnen. Wahrscheinlich wirst du erst einmal für einige Zeit zu ihm und Tante Marie ziehen, um Abstand gewinnen zu können."

Jules heulte los. Nur das nicht! Der Onkel war streng. Seine eigenen Kinder waren so schnell wie möglich ausgezogen. Nein, zu ihm wollte Jules nicht. Er wollte bei seiner Mutter und seiner Schwester bleiben. Er bettelte, versprach, alles zu tun, was sie wollte. Die Wohnung würde er putzen, das Geschirr abwaschen.

Als die Mutter nicht reagierte, zog er die Decke über den Kopf und schluchzte ins Kissen.

Die Mutter war leise aus dem Zimmer gegangen. Das Herz tat ihr weh, aber sie sah keine andere Möglichkeit für ihren Sohn. Nun hatte sie selber keine Kraft mehr. Weinend stieg sie in ihr Bett und schlief nach kurzer Zeit vor Erschöpfung ein.

„Heute morgen kam ihr Bruder", erzählte der Mann weiter.

Lange unterhielt er sich mit seiner Schwester, es wurde hin und her überlegt, wie das Leben nun weitergehen sollte.

Jules saß alleine im Nebenzimmer; bei dieser Diskussion war er nicht zugelassen. Dabei ging es doch um ihn! Nicht einmal seine kleine Schwester war da, die Mutter hatte sie morgens zu einer Nachbarin gebracht. Jules fühlte sich alleingelassen und war tieftraurig.

Gegen Mittag kamen der Onkel und die Mutter aus dem Zimmer und fuhren mit Jules hier ins Dorf, um in der Bar etwas zu essen. Außerdem wollten sie ihm ihre Entscheidung mitteilen.

Was Jules schon geahnt hatte, trat ein und traf ihn mit voller Wucht. Er sollte nicht nur für kurze Zeit bei seinem Onkel einziehen, sondern mindestens ein ganzes Schuljahr bei ihm wohnen.

Jules bettelte, jammerte, bat – nichts half. Er drohte, dass er immer wieder nach Hause laufen würde. Seine Mutter und sein Onkel sprachen immer wieder auf ihn ein. Nach einiger Zeit platzte dem Onkel der Kragen und er sagte streng: „Ich kann mir auch etwas Leichteres vorstellen, als noch einmal ein Kind aufzuziehen. Aber hier kommst du unter die Räder. Wenn deine Mutter arbeitet, bist du ohne Aufsicht, und du wirst dich an die krummen Touren deines Erzeugers erinnern."

Jules sackte in sich zusammen. Was konnte er jetzt noch sagen? Seine Mutter sagte auch nichts mehr, sie saß wie versteinert neben ihrem Bruder und schaute an sich hinunter. Verhärmt und traurig sah sie aus

Nach einiger Zeit sagte sie zu ihrem Bruder, dass sie noch einiges mit ihm besprechen müsse. Die beiden steckten die Köpfe zusammen und redeten miteinander, während der Junge zusammengefallen auf seinem Stuhl hockte.

Monsieur Luc hatte große Teile der Unterhaltung mitbekommen.

Schon öfters hatte er den Jungen gesehen, auch dessen Vater war er mehrmals in der Bar begegnet, war ihm aber aus dem Weg gegangen, da ihn sein angeberisches Gehabe abstieß.

Ein Angestellter der Krokodilfarm, der einmal zusammen mit Monsieur Luc in der Bar ein Glas Wein getrunken hatte und der den Vater kannte, hatte damals gesagt: „Dieser Mensch ist dumm und überheblich, seine Frau fleißig, aber schwach und resigniert. Sein Sohn ist pfiffig. Man kann nur hoffen, dass bei dieser Familie etwas aus ihm wird."

An diese Sätze dachte Monsieur Luc. Eigentlich war es nicht seine Art, sich in fremde Gespräche einzumischen. Aber der Junge tat ihm leid. Er drehte sich zu den dreien um: „Vielleicht kennen Sie mich. Ich bin Monsieur Luc, der Besitzer der Krokodilfarm. Ich brauche unbedingt einen zuverlässigen Jungen, der mehrmals in der Woche auf die Farm kommt, um den Krokodilen die Zähne zu putzen. Es kann dabei kaum etwas passieren, da die Krokos vorher gefüttert werden und die von mir entwickelte Zahnpasta über alles lieben."

Der Musikus

„Da ist er wieder", sagte sie.

„Hat er ein Instrument dabei?", fragte er tief aus seiner Hängematte.

„Nein, ich glaube nicht", antwortete sie, „ heute will er wohl nur Kaffee trinken."

„Und wie ist er gekleidet?"

„Mmmm, wie soll ich es dir erklären? Ich würde sagen, wie ein Torero. Es steht ihm gut."

„Er ist ein seltsamer Mensch", sagte er. „Wir wissen immer noch nicht, wo er wohnt, warum er sich so außergewöhnlich kleidet und wo er seine musikalische Früherziehung genossen hat." „Er erinnert mich immer an Troubadix", überlegte sie. „Bei „Asterix und Obelix" heißt es:

Troubadix ist der Barde! Die Meinungen über sein Talent sind geteilt: Er selbst findet sich genial, alle anderen finden ihn unbeschreiblich. Doch wenn er schweigt, ist er ein fröhlicher Geselle und hochbeliebt ..."

„Ja", stimmte er zu, „unser Musikus ist wirklich beliebt; sobald er auftaucht, sind Freunde um ihn herum. Und wenn sie ihn überredet haben, sein jeweiliges Instrument ruhen zu lassen, wird es eine richtig fröhliche Gesellschaft. Kannst du dir vorstellen, wer er ist?", fragte er sie.

„Ich habe schon oft über ihn nachgedacht, denn dieser seltsame Mann fasziniert mich", gestand die Frau. „Eigentlich passt er so gar nicht in diesen Ort, und doch ist er von hier nicht wegzudenken.

Aber ich fange lieber vorne an; bei seinen ersten Lebensjahren."

Geboren ist er nicht hier, sondern in der Metropole am Meer. Sein Vater, Pierre Marcon, stammte aus einem kleinen Ort im Gebirge, 50 km weiter östlich.

Dort hatte er eine kleine Autowerkstatt, die im gesamten Umkreis bekannt war. Jedes Auto wurde von ihm fachmännisch repariert, die Ersatzteile waren nicht nur von bester Qualität, sondern auch außergewöhnlich günstig. Wollte jemand aus seinem Dorf ein Auto kaufen, konnte Pierre es schnellstens besorgen.

Manchmal sah man auch teure Fahrzeuge in seiner Garage, an denen gebastelt und gespritzt wurde. Später wurden sie von Männern abgeholt, die durch ihre Goldkettchen, Golduhren und ins Gesicht gezogenen Hüte auffielen.

Man munkelte viel über Pierre, aber da die Dorfbewohner mit ihm immer gut ins Geschäft kamen, hielten sie sofort den Mund, wenn Touristen oder Unbekannte in der Nähe waren.

„Ja, ja, der Pierre", sagten sie oft und grinsten vielsagend.

Viel Geld musste er erarbeitet haben, denn sonst konnte sich keiner erklären, wie er an diese Frau gekommen war.

Sie sah zwar nicht besonders gut aus, war nicht unbedingt die Hellste, aber sie war adelig und von ausgesprochener Vornehmheit. Eve de Tourenne hieß sie, und aufgewachsen war sie auf einem nicht so weit entfernten Schloss, wo sie mit ihren verarmten adligen Eltern wohnte.

„Da ist viel Kohle verschoben worden", sagten die Dorfbewohner leise zueinander und gratulierten Pierre, der sich jetzt „de Tourenne" nannte, aufs Herzlichste.

Eve de Tourenne pflegte keinerlei Kontakte mit der Dorfbevölkerung, saß viele Stunden untätig im Salon, wie sie das kleine Wohnzimmer nannte, und war unglücklich. Von ihrer Ehe hatte sie sich mehr versprochen. Pierre arbeitete unermüdlich und verbrachte seine wenigen freien Stunden ... nicht mit ihr, denn er fand sie einfach furchtbar.

Eve schniefte und griff hilfesuchend in die Pralinenschachtel.

Irgendwann zogen Pierre und Eve fort, keiner wusste, wohin.

Später erfuhr ein Nachbar, dass sie in einer Villa am Meer wohnten, am Rande der großen Hafenmetropole. Pierre hatte nun keine Autowerkstatt mehr, sondern verschiffte Autos, die er an unterschiedlichen Orten herrichten ließ, nach Nahost. Er trug teure Anzüge, teure Schuhe und eine megateure Uhr.

Und der dicke Bauch von Eve stammte nicht nur von den Pralinen; sie war hochschwanger.

Das Kind wurde geboren, es war ein Junge. Pierre war entsetzt, als er dieses spindeldürre, glatzköpfige Geschöpf sah. Bei dem Schokoladenkonsum seiner Frau hatte er etwas anderes erwartet.

Enttäuscht verließ er das Krankenhaus. Eins war sicher: Mit Eve würde es keinen zweiten Versuch geben.

Eve war glücklich, endlich hatte sie einen Lebensinhalt. Sie erholte sich rasch, den Kleinen trug sie herum, sang ihm vor, erzählte ihm vom elterlichen Schloss und davon, welche Bedeutung es hatte, von Adel zu sein.

Donatus sollte er heißen. Pierre tippte sich an den Kopf. „Blödsinn", sagte er, „er heißt René wie mein Vater." Eve tobte so lange, bis René als zweiten Namen Donatus erhielt.

Dann kümmerte sich Pierre nicht mehr um seinen Sohn. Er hatte auch genug zu tun, das Geschäft florierte; Pierre war stolz auf sich. Seine Eltern hatten recht gehabt: In ihm steckte ein ganzer Kerl.

Donatus wuchs heran. Zwar lernte er später krabbeln und laufen als seine Altersgenossen, aber er war ein ruhiges und liebes Kind. Seine Mutter ließ die ausgefallensten Jäckchen und Mäntelchen für ihn nähen, der Preis spielte keine Rolle. Als er älter wurde, übertrumpfte er seine Mutter in der Kreation seiner Kleidung.

Kaum konnte er richtig auf einem Stuhl sitzen, wurde ein Klavierlehrer engagiert, der gar nicht wusste, wie er diesen kleinen Kerl unterrichten sollte, der mit seinen Fingern kaum die Tasten erreichte.

Erstaunlicherweise entwickelte sich René Donatus im Rahmen seiner Möglichkeiten ausgesprochen gut. Er schien Freude daran zu haben, kleine Liedchen zu klimpern.

Eve klatschte vor Glück in die Hände, Tränen der Rührung liefen ihre dicken Wangen hinunter.

René Donatus aß wie ein Scheunendrescher, trotzdem blieb er dürr und langbeinig. „Wie eine Spinne sieht er aus", dachte abfällig sein Vater.

Als der Kleine in die Schule kam – Eve hatte vorher tagelang geweint, weil sie ihn jetzt mit den Lehrern teilen sollte –, neckten ihn die neuen Klassenkameraden, und auch die Lehrer blickten erstaunt, als Donatus in seiner seltsamen Kleidung auftauchte: mal als Biene Maja, dann als Page, am nächsten Tag als Tigerente und danach als Maharadscha.

Als die Kinder anfingen, an seiner Kleidung zu zupfen und seinen näselnden Ton nachzumachen, schritt Pierre de Tourenne ein. Nicht, weil ihm sein heulender Sohn leidtat, sondern weil man einem de Tourenne mit Respekt gegenübertreten sollte.

Die Lehrer disziplinierten ihre Schüler, damit das Kind aus einer der reichsten Familien in Frieden leben und die neue Schulorgel endlich gekauft werden konnte.

Nach jedem Schulbesuch umarmte Eve ihr Prinzchen und flüsterte tränenüberströmt: „Mein Engelchen, ich bin immer für dich da."

Aber so war es nicht. René Donatus war gerade dreizehn Jahre alt geworden, da starb seine Mutter von einem Tag auf den nächsten – ohne Vorankündigung und ohne ihn auf das Leben vorbereitet zu haben.

Pierre weinte am Grabe; nicht weil er Eve verloren hatte, sondern weil er sich nun um diesen seltsamen Sohn kümmern musste.

Der lief immer noch so schrill gekleidet herum, spielte inzwischen nicht nur gut Klavier, sondern auch Oboe, Bandoneon und Geige. Seine schulischen Leistungen waren nicht überragend, aber da das Schulgebäude marode war und der Renovierung bedurfte, unterstützte Pierre den Schuldirektor bei der Gebäudeerneuerung. René schaffte immer das Klassenziel.

Bei der Beerdigung hatte er nicht geweint. Er liebte seine Mutter sehr, aber oft war sie ihm zu nahe gekommen, und es hatte keine Rückzugsmöglichkeit gegeben. Mehr als seine Mutter liebte er das Alleinsein.

Als alle Trauergäste ihr Beileid ausgesprochen hatten und Pierre und René Donatus zum Auto gingen, eröffnete Pierre seinem Sohn, dass er ihn jetzt zu einem Mann erziehen würde, der später mit ihm zusammen die einträglichen Geschäfte leiten und noch später alleine weiterführen würde.

Deshalb sei jetzt Schluss mit der Verkleidung, Ende mit dem Musikunterricht und finito mit dem Geherze und Geschmuse.

Mit dem letzten war René einverstanden, aber dass er auf Musik und seine extravagante Kleidung verzichten sollte, gefiel ihm überhaupt nicht. Aber er sagte nichts, sah seinen Vater nur lauernd grinsend von der Seite an. Dieser hatte jedoch nichts bemerkt, sondern überlegte gerade, welchen Teil seines Geschäftes er seinem Sohn nach bestandenem Abitur übertragen könnte.

In den nächsten Tagen kam Pierres Schneider in die Villa, vermaß René, und nach kurzer Zeit stand René in einem Designeranzug am Schultor. Die Schüler in ihren Jeans bogen sich vor Lachen, und die Lehrer überlegten krampfhaft, wie sie die Schüler zur Ruhe zwingen konnten, denn die neue Turnhalle wollten sie unbedingt haben.

Vier Jahre hielt René durch, ertrug die Anzüge, stählte seinen Körper, was aber nicht viel brachte, überwachte mit seinem Vater die Ausfuhr der teuersten Autos, die ihn gar nicht interessierten.

Jeden Tag holte er heimlich seine Instrumente hervor und übte wie besessen. Wenn er auch sonst kein großes Licht war, hier zeigte sich seine wahre Begabung. Aber keiner bemerkte es, und René vermied alles, was ihn hätte verraten können.

An einem schönen Sommertag, er war jetzt siebzehn Jahre alt, hing er kopfüber am Reck. Plötzlich wusste er: Ich habe keine Lust mehr, Designerklamotten und Goldkettchen zu tragen. Und Autos interessieren mich einen Scheißdreck.

Und er ließ sich fallen. Der Lehrer schrie auf, Schüler starrten mit offenem Mund auf den am Boden liegenden Schüler.

René war auf seinen Kopf gefallen, was er eigentlich nicht beabsichtigt hatte, irgendwann wachte er wieder auf.

Erst dunkel, dann immer klarer merkte er, dass er in einem Krankenhausbett lag und dass in seiner Nähe gesprochen wurde. Er hielt die Augen geschlossen und hörte, wie eine ihm wohlbekannte Stimme fragte: „Wird er auch keinen Schaden davontragen?"

Eine unbekannte Stimme antwortete, dass man das im Moment nicht wisse, obwohl die Werte sehr gut seien und man berechtigterweise auf eine völlige Heilung hoffen könnte.

Die wohlbekannte Stimme grummelte vor sich hin und fragte dann, was denn im schlimmsten Fall zurückbleiben könne.

Die unbekannte Stimme sagte daraufhin, dass man schon von Fällen gehört habe, wo auf den Kopf Gefallene sich völlig verändert hätten: Dicke wären dünn geworden, Unsportliche sportlich. Aber das sei ja nicht zu befürchten.

Dann lachte die unbekannte Stimme, die bekannte stimmte ein, und beide Stimmen entfernten sich.

Am nächsten Tag wurde Pierre de Tourenne davon in Kenntnis gesetzt, dass René Donatus erwacht sei. Aus Freude darüber schenkte Pierre seinem Sohn ein Buch mit Witzen.

Obwohl die Werte in Ordnung waren, verhielt sich der Junge seltsam.

Er schüttete sein Mittagessen ins Waschbecken und benutzte die Teller als Percussionsinstrumente. Dann holte er einen Anzug aus dem Schrank und biss große Löcher hinein. Als er den zweiten Anzug aus dem Schrank holen wollte, konnte die Krankenschwester diesen gerade noch retten.

Und jeder, wirklich jeder, der in seine Nähe kam, musste sich seinen Lieblingswitz anhören:

Ein Irrer geht über den Hof der Irrenanstalt. An einem Faden zieht er eine Zahnbürste hinter sich her. Zwei Ärzte kommen ihm entgegen und schauen verwundert. Der eine lächelt den Irren an und sagt: „Na, wie geht es denn Ihrem Hund?" Der Irre schaut entrüstet: „Aber Herr Doktor, das ist doch kein Hund, das ist eine Zahnbürste." Die zwei Ärzte schauen sich verlegen an und gehen weiter. Als sie weit genug entfernt sind, dreht sich der Irre zu seiner Zahnbürste herum und sagt: „Na, Fifi, den haben wir aber verwirrt."

Als Pierre zu ihm sagte: „René, ich muss mit dir reden", sagte René, „Ich heiße nicht René, ich bin Martin. Und wehe, du sagst noch einmal René zu mir. Dann beiß ich dir einen Finger ab. Und wenn du zehnmal René gesagt hast, dann hast du keine Finger mehr. Wie willst du dann die Ausfuhrgenehmigung für die Autos unterschreiben?"

Und er lachte schrill auf. Dann fragte er Pierre: „Soll ich dir meinen Lieblingswitz erzählen?"

Pierre floh aus dem Zimmer. Er war genauso ratlos wie die Ärzte. Wo doch die Werte so gut waren. Seltsam, seltsam!

René Donatus Martin legte sich zufrieden in sein Bett zurück und lächelte stillvergnügt vor sich hin. Er war auf dem richtigen Weg.

Pierre dachte über seinen Sohn nach. Woher hatte der Junge das bloß? Pierre ging seine Verwandtschaft durch. Nein, an ihm konnte es nicht liegen. Er hatte zwar einen Großonkel gehabt, der sich einer religiösen Splittergruppe angeschlossen hatte, die mehrere Jahre hintereinander zu Pfingsten auf einen kahlen Felsen stieg, um nackt und frei von allen Sünden die Wiederkunft des Herrn zu erwarten. Aber da manche Pfingsttage doch recht kühl waren, verstarben nach und nach die einzelnen Teilnehmer an Lungenentzündung, und auch der Großonkel überlebte nur drei Bergbesteigungen.

Ein entfernter Vetter von Pierre neigte zu übermäßigen Wutausbrüchen und hatte deswegen schon mehrere Jahre hinter Gittern verbracht. Wenn Pierre an die Opfer seines Vetters dachte, konnte er diesen insgeheim aber verstehen. „Nein", sagte er sich noch einmal, „an mir kann es nicht liegen."

Eve! schoss es ihm durch den Kopf. Was hatte ihn vor fast zwanzig Jahren nur veranlasst, diese Frau zu heiraten?! Als er daran dachte, dass es lediglich ihr adliger Name gewesen war, musste er über sich den Kopf schütteln. Wie konnte ich nur so blöd sein, sinnierte er. Zu nichts war sie nützlich gewesen, sie war nur ein lästiges Anhängsel. Und einen adligen Namen hätte er sich wenige Jahre später kaufen können, so wie er sich zu Weihnachten vor sieben Jahren den Titel eines Konsuls von Papua Neuguinea geschenkt hatte.

Eve war die Schuldige. Sie hatte diesen seltsamen Sohn nicht nur maßlos verwöhnt, sondern mit allen negativen Eigenschaften ihrer Sippe versehen.

„Eigentlich brauche ich René gar nicht", gestand sich Pierre ein. Wie wenig hatte sich sein Sohn bisher für die fantastisch laufenden Geschäfte interessiert.

Mit Vergnügen dachte er an seinen neuen Mitarbeiter: ein junger Mann, der ganz heiß war, noch bessere Abschlüsse zu erzielen als er selber. Ihn musste man fördern. Und auch bändigen, damit er es nicht übertrieb und den Zoll oder die Steuerfahndung auf den Plan rief.

Denn bisher hatte Pierre alle Gefahren, die lauerten, abwehren können, weil er so klug war, ‚wichtigen' Leuten das eine oder die andere zukommen zu lassen.

Als er abends Austern schlürfend mit einer Begleiterin beim Essen saß, verhielt er sich sehr unaufmerksam ihr gegenüber. René ging ihm nicht aus dem Sinn. Wohin mit ihm? Plötzlich fiel ihm Edith ein, eine Tante seiner Frau. Eve hatte so gut wie keinen Kontakt zu ihrer Verwandtschaft gehabt, aber zu dieser Tante hatte sie eine gewisse Beziehung. Obwohl sie sich über das alte Haus der Tante mokierte, fuhr sie doch mehrmals mit René zu ihr.

Nach ihren Reisen sagte sie immer wieder zu Pierre, dass sie ihren Sohn nie so glücklich gesehen habe wie in der Zeit, die sie bei Edith verbracht hätten.

Einmal hatte Pierre seine Familie abholen müssen, weil die Bahn wieder streikte. René hatte geweint, getrotzt und sich an Edith festgeklammert, er wollte nicht mitkommen.

Pierre war es völlig schleierhaft, was sein Sohn an dieser Frau fand, die groß und schweigend neben dem Kind stand.

Ihr Haus war schon recht alt, aber geräumig und lag unterhalb eines Ortes, der auf einem Berg lag. Pierre konnte sich mit solchen Dörfern nicht anfreunden, er war froh, dass er frühzeitig den Absprung in die Großstadt geschafft hatte. Wie seltsam, dass es Menschen gab, die sich für diesen Ort begeistern konnten.

Wenn er Edith monatlich eine größere Summe zahlen würde, überlegte Pierre, dann könnte René bei ihr wohnen, sie würde ihn beköstigen und dafür sorgen, dass er in der Nähe irgendeine Arbeit finden könnte. Was das wäre und ob René überhaupt arbeiten wollte, war Pierre eigentlich völlig gleichgültig. Wenn er sich nur nicht mehr um den Jungen kümmern musste.

So stand seine Entscheidung fest: René musste zu Edith.

Pierre überlegte: Sollte er sich zuerst mit Edith in Verbindung setzen oder seinen Sohn fragen?

Er entschied sich, im Moment keins von beiden zu tun.

Erst am Tage von Renés Entlassung aus dem Krankenhaus teilte er ihm mit, dass er in Zukunft nicht mehr bei ihm, sondern bei Edith wohnen würde. Sein Sohn schien ihm zuzuhören, obwohl er auf seinem Kamm weiterblies. Dann machte er aber doch eine Pause und sagte: „Ist in Ordnung. Soll ich dir meinen Lieblingswitz erzählen? Ein Irrer geht über …"

Pierre verließ schnell das Krankenhaus und ordnete zu Hause an, dass man Renés Kleidung und die übrigen Gegenstände seines Zimmers zusammenpacken sollte.

Als er mit seinem Sohn einige Stunden später das Krankenhaus verließ, stand nicht der Jaguar vor der Tür, sondern ein Kleinlaster, vollgepackt mit Renés Habe.

René blieb wie versteinert stehen. „Nein", sagte er mit gefährlich leiser Stimme, „das will ich nicht haben. Ich muss etwas anderes zu Hause holen."

Pierre konnte ihn nicht überreden einzusteigen. Als René keuchte: „Entweder gehen wir jetzt nach Hause und ich kann mitnehmen, was ich will, oder ich schreie, so laut ich kann, und mache dich lächerlich!"

Sie fuhren zur Villa.

René Donatus Martin brauchte einige Stunden, bis er die Anzüge, Krawatten und Hemden wieder ausgepackt hatte. Auch Tennisschläger, Computer, Boxbirne und After Shave ließ er zurück.

Er rannte in den Keller, bat den Hausangestellten um Hilfe, mit ihm die schwere Truhe zum Auto zu tragen. Pierre wollte wissen, was in der Truhe sei, die Eve mit in die Ehe gebracht und von der Pierre geglaubt hatte, dass sie nicht mehr existieren würde. „Meine frühere Kleidung", war die lakonische Antwort. Seine Geige, eine Gitarre mit einer Saite, das Bandoneon und einen Beutel voller Noten packte er auch zusammen, sah sich in seinem Zimmer noch einmal kurz um – und erinnerte sich an etwas. Behände kroch er unter sein Bett und zog einen kleinen Kasten hervor, in dem eine winzige Wüstenspringmaus schlief. Er klemmte sich den Kasten unter den Arm, verabschiedete sich vom Hausdiener, ging zur Haustüre und sagte zu seinem Vater, als er an ihm vorbeiging: „Ich heiße Martin."

Der Kleinlaster stand nicht mehr vor dem Haus, alles, was Martin mitnehmen wollte, passte jetzt in den Jaguar.

„Zwei Stunden später kamen sie in unserem schönen Dorf an", sagte die Frau auf dem Balkon.

Bevor er seinen Sohn zu Edith brachte, machte er hier Halt und trank zwei Pastis, um später leichter die richtigen Worte zu finden, wenn er mit Edith sprechen würde.

„Mach jetzt bitte eine Pause", sagte der Mann und erhob sich aus seiner Hängematte.

„Komm, wir gehen zur Bar und trinken ebenfalls einen Pastis. Danach werde ich kochen, und heute Abend erzählst du weiter."

Nach dem Abendessen setzten sie sich in ihre gemütlichen Balkonsessel, und die Frau fuhr fort:

Pierre hatte sich entschieden, Edith nicht über ihr Kommen zu unterrichten. Er hielt es für besser, sie mit der neuen Situation zu überfahren.

Dass sie weggezogen oder gestorben sein könnte, hatte er gar nicht in Betracht gezogen. Er hatte Glück: Edith war weder umgezogen noch war sie tot, sondern wohnte weiterhin in ihrem Haus unterhalb des Dorfes.

Alt war sie geworden. Aufrecht stand sie in ihrer Haustüre, schwarz gekleidet, wie Pierre sie auch in Erinnerung hatte. Sie wirkte größer, als sie war. Mager sah sie aus, aber sie wirkte nicht zerbrechlich.

Sie sagte nur: „Ach, du!" Und lud Pierre nicht ein, ins Haus zu treten.

Sie schwieg und schaute ihn durchdringend an. Pierre trat von einem Bein auf das andere. Mit dieser Situation konnte er gar nicht umgehen. Dass er einmal in die Rolle des Bittstellers kommen sollte, war für ihn ungewohnt.

Doch dann legte er los. Er berichtete kurz von Eves Tod, der Unlust des Sohnes, in seine Geschäfte einzusteigen, seinem Unfall. Und nun suche er für seinen Sohn einen Platz, wo er sich erholen könne und wo er sich zu Hause fühlen würde. Sie, Edith, sei ja alleine, da nie verheiratet gewesen, und könne einen Mann gebrauchen. Für die zusätzlichen Kosten würde er, Pierre, natürlich aufkommen und jeden Monat eine stattliche Summe überweisen. Es wäre so viel, dass sie damit auch ihr Haus renovieren könne.

Und er schloss mit den Worten: „René heißt jetzt übrigens Martin."

Womit Pierre allerdings nicht gerechnet hatte, war Ediths Antwort. Sie sprach für ihre Verhältnisse nicht nur ausgesprochen viel, sondern schien von Pierres Argumentation auch nicht überzeugt.

Sie lebe zwar allein, sagte sie, aber einen Mann hätte sie bisher zu ihrer Unterstützung nicht benötigt und würde ihn auch in Zukunft nicht brauchen. Ihr Haus wäre nicht mehr auf dem neuesten Stand, aber bisher habe sie nichts vermisst und könnte auch in Zukunft gut von ihrer kleinen Rente leben. Es gäbe also keinerlei Veranlassung, ihr Haus mit jemandem zu teilen.

Doch dann drehte sie sich dem Jungen zu, den sie erst jetzt richtig betrachtete, lächelte ihn kurz an und sagte sehr sachlich zu ihm:

„Du sollst wissen, Martin, dass ich meine Zeit damit verbringe, alle Bücher zu lesen, die ich in die Finger bekomme. Kochen, Putzen, Einkaufen sind Beschäftigungen, die ich zwar erledigen muss, die mich aber von meinem einzigen und über alles geliebten Lebensinhalt abhalten: Ich will lesen! Je ungestörter ich dies tun kann, desto zufriedener bin ich.

Du kannst bei mir wohnen, wenn du bereit bist, mir einige Arbeiten im Haus abzunehmen, und wenn du mich in Ruhe lesen lässt. Ich will bei dieser Beschäftigung weiterhin ungestört sein.

Aber auch du kannst ungestört leben. Im hinteren Teil des Hauses sind zwei kleine Räume, die du dir so herrichten kannst, wie du es möchtest. Es gibt einen eigenen Eingang, und du kannst dein Leben so führen, wie du es dir vorstellst. Bis auf eine Bedingung: Ich möchte keinen Besuch im Hause haben.

Martin, jetzt entscheide, ob du hier bleiben willst oder gleich mit deinem Vater zurückfährst."

Martin hatte aufmerksam zugehört. Jetzt sah er Edith ernst an und antwortete laut und deutlich: „Ich will bleiben."

„Gut", sagte Edith, „dann komm ins Haus, mein Junge."

Und bevor sie mit ihm im Inneren verschwand, drehte sie sich kurz zu Pierre um und brummte: „Denke daran, das Geld für deinen Sohn pünktlich zu überweisen, ich werde es bis zu meinem Tod für ihn verwalten. Die Koffer kannst du vor die Türe stellen, wir tragen sie später herein."

Dann schloss sie die Türe hinter sich und ließ den verdutzten Pierre zurück.

Zwar hatte er gehofft, dass der Abschied von seinem Sohn emotionslos über die Bühne gehen sollte, aber dass man ihn einfach vor der Türe stehen ließ, hatte er nicht gedacht.

Schnell packte er die Koffer aus und hievte schwitzend und fluchend die schwere Kiste aus dem Auto. Bevor er abfuhr, gab er dem kleinen Kasten, in dem die Wüstenspringmaus gerade ein Möhreneckchen verspeiste, einen wütenden Tritt, sodass die arme Maus lange unter Schluckbeschwerden litt.

Wie ein Wahnsinniger raste Pierre nach Hause.

„Diese dumme Ziege", fauchte er immer wieder.

Doch auf halber Strecke war sein Zorn verrauscht, es stellten sich Zweifel bei ihm ein, und seine Stimme wurde immer jammernder, wenn er vor sich hin murmelte: „Wenn das mal gut geht."

Es ging gut.

Nachdem Edith die Tür hinter sich und Martin geschlossen hatte, zeigte sie ihm die beiden Zimmer und überlegte mit ihm, was er zur Renovierung bräuchte. Am gleichen Tag startete Edith ihren alten Peugeot und fuhr mit ihm zum Baumarkt und diversen anderen Geschäften.

Ihre Nachbarn, die gerade im Garten arbeiteten, waren erstaunt, Edith so eilig vorbeifahren zu sehen. Wann hatte sie das je gemacht?

Es musste etwas passiert sein, denn es war noch jemand im Auto gewesen. Das war eine Sensation. Wann hatte Edith jemals Besuch gehabt? Früher war schon mal diese seltsame Nichte mit ihrem Kind gekommen, aber dann kam niemand mehr.

Edith hielt zwar ab und zu einen Schwatz mit den Nachbarn und Dorfbewohnern, ging auch im Dorfladen einkaufen und trank danach einen Kaffee in der Bar, suchte wöchentlich die Bibliothek auf, lud aber nie jemanden zu sich ein und besuchte auch keinen.

Die Nachbarn zuckten die Schultern und arbeiteten weiter.

Bepackt mit Farben, Pinsel, Schrauben, Reinigungsmittel, Gardinenstoff waren Edith und Martin abends nach Hause gekommen. Martin hatte sich noch zwei Pakete Schreibmaschinenpapier und verschiedene Stifte gekauft, was Edith sehr verwunderte. Aber sie fragte ihn nicht, wofür er das Papier brauchte.

Jetzt erst holten sie die Koffer ins Haus, dann räumten sie die zwei Zimmer leer, damit sie am nächsten Tag sofort mit der Renovierung beginnen konnten. Nachdem sie etwas gegessen hatten, gingen sie schnell schlafen, so müde waren sie.

Fast eine Woche renovierten sie rund um die Uhr. Edith, die sah, wie unbedarft Martin in handwerklichen Dingen war, musste mehr helfen, als sie vorgehabt hatte. Aber ihr lag daran, schnell wieder zu ihrem normalen Leben zurückzukehren.

Endlich waren die Räume nicht nur angestrichen, sondern auch mit verschiedenen Möbeln ausgestattet, die sich Martin auf dem Speicher und im Keller zusammengesucht hatte. Ediths Vorschlag hatte er abgelehnt, neue Möbel zu kaufen. Mit dem, was er vorfand, war er zufrieden.

Sie hatten nur das Nötigste miteinander gesprochen, und beide waren darüber froh. Am zweiten Abend, als sie in der Küche zur Nacht aßen, hatte Martin gefragt, ob Edith seinen Lieblingswitz hören wolle.

Sie hatte genickt und am Ende, als sich Martin immer wieder vor Lachen ausschüttelte, gemeint, dass das ein netter Witz gewesen sei.

Edith zog sich in ihr Zimmer zurück. Über eine Woche hatte sie kein Buch angerührt, das war ihr noch nie passiert. Sie setzte sich in ihren großen, alten Ledersessel, wickelte die Decke um ihre Beine und las die ganze Nacht hindurch.

Martin tat in den ersten Tagen wenig, er ging in seinem Zimmer auf und ab, als könne er gar nicht fassen, dass er ein neues Zuhause hatte. Ab und zu stellte er etwas um, putzte seine Instrumente und spielte mit der Springmaus, die darüber nicht sehr erfreut war, weil sie tagsüber schlafen und lieber nachts spielen wollte.

Als Edith eines Tages zum Einkaufen fuhr und anschließend noch bei der Bibliothek vorbei wollte, war Martin zum ersten Mal längere Zeit allein im Haus. Er kramte sein Bandoneon hervor und begann zu spielen. Wie lange hatte er das nicht gedurft.

Das Bandoneon schien etwas beleidigt zu sein, es ließ sich schwer spielen, gab aber nach und nach seinen Widerstand auf, und als Edith zurückkam, klang sehr schöne Musik aus Martins Zimmer.

Dieser hatte Edith gar nicht kommen hören. Als er sie jedoch später in der Küche mit den Tellern klappern hörte, beendete er abrupt sein Spiel und packte schnell sein Bandoneon wieder ein.

Beim Abendessen entschuldigte er sich auf umständliche Weise für sein Spielen, woraufhin Edith ihn erstaunt ansah und dann sagte: „Mein Junge, du kannst so viel spielen, wie du möchtest. Nach einer Woche werde ich dir sagen, ob es mir zu viel wird."

„Ich habe aber auch noch eine Geige und eine Gitarre mit einer Saite", sagte Martin schüchtern.

„Ich weiß", antwortete Edith. „Wenn ich wieder in die Stadt zum Einkaufen fahre, kommst du mit und kaufst dir Gitarrensaiten."

Martin lief vor Freude rot an, beugte sich über den Tisch und flüsterte Edith verschwörerisch zu: „Möchtest du meinen Lieblingswitz hören?"

Edith lehnte ab und erklärte ihm, dass sie den Witz schon beim ersten Mal verstanden habe. Martin war nicht traurig darüber, sondern lachte laut und etwas schrill aus vollem Herzen.

Edith, die es zwar hasste, Wäsche auszubessern und Knöpfe anzunähen, ließ sich von Martin ab und zu eines seiner wundersamen Kleidungsstücke geben, denn sie waren teilweise schon recht alt und verschlissen.

„Du brauchst etwas Neues, mein Junge, lass dir etwas einfallen", teilte sie ihm eines Tages mit. Dieser verzog sich sofort in sein Zimmer an seinen Tisch und kam einige Tage nur zum Essen in die Küche, wo er es hinunterschlang, um schnell in sein Zimmer zurückzueilen.

Als er Edith zu sich bat, sah sie, dass beide Zimmer mit Blättern übersät waren, auf die Martin Kleiderentwürfe gezeichnet hatte. Auf dem Tisch lagen drei Blätter, auf denen die Tracht eines Pierrot, eines Rennfahrers und eines Sultans zu erkennen waren.

„Darüber würde ich mich freuen", sagte er und schaute Edith unsicher an.

Edith klärte ihn auf, dass es eine Heidenarbeit werden würde, diese Gewänder herzustellen.

Aber Martin hatte sich überlegt, dass Edith ihm das Nähen beibringen sollte, und er würde dann die Kleidung selber fertigen. Und so machten sie es. Sie fuhren in die nächst größere Stadt und suchten einen Nachmittag lang die passenden Stoffe aus. Die Verkäuferin war erstaunt, wie viele unterschiedliche Stoffstücke die beiden Kunden haben wollten. Sie fragte aber nicht nach, da sie der Meinung war, zwei Mitglieder der Theatergruppe vor sich zu haben, die gerade in ihrer Stadt gastierte.

Edith bezahlte mit dem Geld, das ihr Pierre, wie versprochen, jeden Monat zuschickte.

Wieder zu Hause, kramte sie ihre aus Vorkriegszeiten stammende Nähmaschine hervor und unterwies Martin in der Kunst der Kleiderproduktion.

Martin war ein gelehriger, ausdauernder Schüler. Bald schon verschwand er mit allen Utensilien in seinem Zimmer und arbeitete vor sich hin. Edith musste nur selten ihre Lektüre unterbrechen, um ihm zu helfen.

So lebten sie eine ganze Weile miteinander und nebeneinander. Ein- bis zweimal im Jahr machten sie mit dem klapprigen Auto eine Fahrt in die weitere Umgebung, sie fuhren nach Osten, nach Norden, nach Westen, nur in den Süden fuhren sie nie. Edith weigerte sich standhaft, ans Meer zu fahren. Martin war es recht, wohnte doch sein Vater am Meer.

Pierre überwies immer pünktlich das Geld. Zu Weihnachten schickte er außerdem einen persönlichen Gruß. Eigentlich war es eine Karte, die Pierre zum Fest auch seinen Geschäftsfreunden schickte: eine aufgemotzte Doppelseite mit einem sinnigen Spruch. Das einzig Persönliche war Pierres Unterschrift.

Martin war froh, so wenig von seinem Vater zu hören. Die Karte brachte ihn schon genug in Verlegenheit.

Nach einigen Jahren blieben die Zahlungen von einem Tag auf den anderen aus. Edith schüttelte verwundert den Kopf, sagte aber nichts. Nach ungefähr einem halben Jahr kam ein Brief für René Donatus de Tourenne aus der Metropole am Meer. Martin brauchte etwas länger, bevor er verstand, dass der Brief an ihn gerichtet war.

Das Gericht der Stadt teilte ihm mit, dass bei der Liquidation der Firma seines Vaters festgestellt worden war, dass Pierre de Tourenne, geb. Macon, über kein Privatvermögen verfügte. Da auch keine Möglichkeit bestünde, neues Vermögen zu bilden, da Pierre de Tourenne für mindestens fünfzehn Jahre einsitzen müsse, würde er, René Donatus de Tourenne, in Zukunft lediglich eine kleine Behindertenrente erhalten.

„Mach dir keine Sorgen, mein Junge", tröstete Edith, „ich habe alles von dem Geld, das Pierre geschickt hat und das du nicht verbraucht hast, gespart. Es ist noch eine ganze Menge da".

So ging das Leben weiter wie bisher, als nach zwei Jahren ein weiterer Brief kam, in dem Martin mitgeteilt wurde, dass sein Vater bei einem Ausbruchsversuch nicht bedacht hatte, dass die Außenseite der Gefängnismauer direkt auf der Klippe am Meer stand. So war Pierre de Tourenne in das tiefe Wasser gefallen, und weil er nicht schwimmen konnten, war er einige Tage später am nahegelegenen Strand tot aufgefunden worden.

Man hatte ihn beerdigt und übermittelte Martin das tiefste Mitgefühl.

Martin hatte gar keine Zeit und noch weniger Kraft, wegen seines Vaters zu trauern, war doch am selben Tag die kleine Wüstenspringmaus nach langem Leiden von ihm gegangen.

Um sich zu trösten, machte er noch mehr Musik als bisher.

Edith war fasziniert, wie schön er seine Instrumente spielte. Er hatte Talent, vielleicht war er sogar ein begnadeter Musiker. Sie sagte es aber weder ihm noch anderen.

Ohne dass sie darüber sprachen, wussten beide, dass diese Art des Zusammenlebens das war, was ihnen beiden guttat.

Damit Martin aber nicht vollständig den Kontakt zur Außenwelt verlor, hatte Edith ihren Großneffen einige Male mit in die Bar genommen und ihn einigen Bekannten vorgestellt. Anfangs hatten diese den jungen Mann mit der ausgefallenen Kleidung wie ein außerirdisches Wesen angestarrt und über ihn gelacht und getratscht, nach und nach gewöhnten sie sich aber an ihn und saßen gerne mit ihm zusammen, sprach er doch so ausgefallen ausgewählt und lachte manchmal so irre vor sich hin.

Christophe hatte an den Tagen, an denen Edith mit Martin auftauchte, sogar besonders viel zu tun, weil viele Dorfbewohner wie zufällig auftauchten, um seine neueste Kleiderkreation zu bewundern.

Irgendwann hatte Edith ihn alleine in die Bar geschickt. Nach anfänglichen Angstattacken kam Martin jetzt gerne zwei- bis dreimal wöchentlich. Es bildete sich immer eine kleine Gruppe junger Leute um ihn. Alle kannten inzwischen seinen Lieblingswitz. Bekam er hin und wieder die Möglichkeit, ihn noch einmal erzählen zu dürfen, lachten sie gutmütig mit, während sich Martin vor Lachen kaum beruhigen konnte.

Er war dann so glücklich, dass er für alle ein Bier bestellte.

Im Laufe der Jahre erfuhren die jungen Leute einiges über ihn.

Unvorsichtigerweise hatte er ihnen auch einmal erzählt, dass er Musiker sei. Daraufhin quälten sie ihn immer wieder, er solle ihnen seine Instrumente zeigen und etwas vorspielen. Falls er das nicht in der Bar machen wollte, würden sie ihn auch gerne besuchen.

Martin begann zu zittern. Jetzt hatte er zu viel gesagt. Er wollte sie nicht in seinem Haus haben. Nicht deshalb, weil Edith es ihm bei seinem Einzug als Bedingung genannt hatte. Er wollte ihren Besuch nicht, weil es sein Haus war, seins und Ediths. Seinen Bereich sollte keiner stören.

Mit seiner Musik war es ebenso. Er wusste, dass er recht gut spielte. Er hatte auch bemerkt, dass Edith sein Können erkannt hatte. Dafür, dass sie bisher geschwiegen hatte, liebte er sie unendlich. Deshalb war es unmöglich, seine Musik anderen abzugeben. Sie war nur durch ihn und nur für ihn und Edith da.

Bekümmert ging er nach Hause. Edith bemerkte sofort, dass sich etwas ereignet hatte. Sie sagte nur: „Wenn du mich brauchst, sag Bescheid."

Er nickte und verschwand in seinem Zimmer.

Er grübelte und grübelte, aber es fiel ihm nichts ein, wie er aus dieser Falle herauskommen konnte.

Seine Freunde wollte er nicht aufgeben, denn inzwischen genoss er die Stunden in der Bar. Wenn er auftauchte, waren die Freunde immer um ihn. In ihrem Kreis fühlte er sich sicher. Manchmal hatte er zwar das Gefühl, dass sich der ein oder andere über ihn lustig machte. Hielten sie ihn für verrückt? Wussten sie von seinem Behindertenausweis?

Martin war wohl eingeschlafen. Mitten in der Nacht wachte er plötzlich auf: „Wenn sie mich für verrückt halten, dann bin ich es eben. Sie mögen mich ja trotzdem."

Dass die Freunde ihn nicht besuchen könnten, wollte er mit der Anordnung seiner Tante begründen. Sie würde ihm verzeihen, dass er in diesem Fall nicht ganz die Wahrheit gesagt hatte.

Aber wie löste er das Musikproblem?

Seine alte Gitarre fiel ihm ein. Als er hier ankam, hatte sie nur eine Saite gehabt. Wenn er damals darauf herumkratzte, klang es scheußlich. Jetzt hatte die Gitarre natürlich alle Saiten, aber den Ton der verschlissenen Saite hatte er noch in den Ohren.

Er brauchte ein Instrument, das keins war.

Diesen Gedanken fand Martin so komisch, dass er sich aufs Bett warf und lachte und lachte, bis er ganz heiser wurde.

Am nächsten Tag lief er in den Schuppen, wo noch ein dünnes Rohr von zwei Meter Länge herumlag, das vor Jahren ein Handwerker zurückgelassen hatte. Martin kürzte das Rohr auf achtzig Zentimeter, bohrte einige Löcher hinein und versuchte zu flöten. Mit dem Erfolg war er zufrieden.

„Scheußlich, scheußlich", kicherte er mit flackerndem Blick.

Einige Tage später traute er sich wieder in die Bar. Als alle zusammensaßen, eröffnete Martin seinen Freunden, dass er beim nächsten Mal sein Instrument mitbringen wollte. Als diese erfreut reagierten, fragte er: „Soll ich euch ...?"

„Neeeiiin", schrien sie. Zum ersten Mal wurde Martin ärgerlich.

Er brachte aber, wie versprochen, beim nächsten Mal seine Flöte mit. Als die Freunde ihn sahen, wussten sie nicht, wie sie reagieren sollten. Martin setzte die Flöte an und blies. Der Erfolg war so, wie er erwartet hatte: Einige Minuten durfte er flöten. Schräg und falsch klang es.

An den Nachbartischen drehten sich die Touristen zu ihm um. Christophe war mit grübelndem Blick vor seine Bar getreten.

Als Martin Luft holte, um dann weiterzuspielen, klatschte ganz schnell einer der Anwesenden, und die anderen fielen sofort ein. Er konnte aufhören. Die Freunde schienen darüber so froh zu sein, dass er noch seinen Lieblingswitz erzählen durfte.

Sie baten ihn nicht mehr, sein Instrument mitzubringen. Aber jetzt machte es Martin Spaß, die Leute so lange mit seiner schrägen Musik zu unterhalten, bis sie abwinkten und ihm aus Dankbarkeit einen Kaffee oder ein Bier bestellten.

Wenn er zu Hause war, spielte er stundenlang Geige, Gitarre oder Bandoneon. Dann versank er in der Musik und war vollkommen glücklich.

Dieses Glück empfand er auch, wenn er seine Kleidung entwarf. Wie viele Kostüme hatte er schon genäht. Immer anspruchsvoller und perfekter war er geworden Immer sorgfältiger suchte er die Stoffe für das jeweilige Kostüm aus.

Im Moment arbeitete er an einer Hose aus weichem Leder, die er auf einem Bild in einer Illustrierten gesehen hatte und die ein bayrischer Präsident? oder Landesfürst? trug.

Alles wäre gut gewesen, wenn nicht Edith gekränkelt hätte.

Über fünfzehn Jahre lebte Martin nun schon in ihrem Haus, und obwohl jeder den anderen weitgehend in Ruhe ließ und beide wenig sprachen, merkte Martin, dass er sein bisheriges Leben ändern und er Edith jetzt etwas mehr helfen musste.

Er ging einkaufen und kochte, er putzte hin und wieder, holte für sie die Bücher aus der Bibliothek.

Eines Tages rief ihn Edith in ihr Zimmer. Sie saß wie immer in ihrem alten Sessel, die Decke um die Beine gewickelt und mit einem Buch auf dem Schoß.

„Martin", begann sie, „es ist Zeit. Ich bin alt, und es wird nicht mehr lange dauern, bis ich sterbe."

„Blödsinn", rief Martin und lachte irre.

„Sei still", fauchte Edith, „ich weiß, was ich sage. Einiges musst du wissen: Das Haus, in dem wir wohnen, gehört dir. Ich habe es dir überschrieben."

Dann bat sie Martin, den Karton unter ihrem Bett hervorzuholen. „Öffne ihn", forderte sie ihn auf.

Es war das Geld, das Edith von Pierre bekommen und welches sie für Martin aufbewahrt hatte.

„Wenn du sparsam lebst, kannst du hundert Jahre alt werden, ohne auf die Barbesuche und deine Kleiderproduktion verzichten zu müssen", sagte sie lächelnd.

In den nächsten Tagen wurde sie immer schwächer. Einen Arzt wollte sie nicht sehen, obwohl Martin bat und bettelte, ihn holen zu dürfen.

„Quatsch", sagte sie, „alles hat seine Zeit, jetzt will ich dir aber noch die Kiste übergeben."

Martin wusste, dass in Ediths Zimmer eine große Seekiste stand, die mit einem riesigen Schloss gesichert war.

Edith gab ihm den Schlüssel und forderte ihn auf, sie zu öffnen. Als er hineinsah, glaubte er zu träumen. Hier häuften sich Pelze, Kleider aus schweren, teuren Stoffen, durchsichtige Blusen, lange Mäntel und vieles mehr.

„Du hast dich bestimmt gewundert, dass ich nie ans Meer wollte. Aber es gibt einen Grund. Als ich sehr jung war, liebte ich einen schönen Seemann, und er liebte mich. Nach jeder Reise beschenkte er mich mit diesen wertvollen Kleidungsstücken, die du gerade vor dir siehst. Doch dann kam er nicht wieder. Er ist verschollen und wurde nie gefunden. Daraufhin habe ich seine Geschenke in diese Kiste gelegt und nur noch schwarze Kleider getragen. Nimm diese Kleidung, und wenn du Stoff benötigst, zerschneide die einzelnen Stücke und verwende sie, wie du sie brauchst.

Mein lieber Martin, nun lass mich allein, ich möchte schlafen. Du sollst aber noch wissen, dass du mir eine große Freude warst. Lebe weiter, wie du es möchtest, und lass dir deine Freiheit nicht nehmen."

Martin verließ den Raum, Edith schlief ein und wachte nicht mehr auf.

Zum ersten Mal in seinem Leben war Martin unendlich traurig. Er vermisste Edith, die so gerne las, dass sie manchmal das Essen im Backofen vergaß. Als es später verbrannt roch, wussten beide, dass es nur noch ein Notabendessen geben würde. Aber es störte keinen.

Bei Ediths Beerdigung war die gesamte Dorfbevölkerung anwesend und betrachtete unsicher den trauernden Martin.

Er hatte sich ein schwarzes, eng anliegendes Kostüm aus schwarzem Stoff genäht und stand wie ein großer, schwarzer Vogel trotz seiner Freunde vereinsamt an ihrem Grab.

„Ob das mal gut geht, wenn Martin alleine lebt", sagten die Nachbarn zueinander.

Trotz aller Trauer kam Martin mit seinem Leben zurecht. Irgendwann war er auch wieder in der Lage, seine Freunde zu erschrecken. Deshalb kaufte er auf dem nahen Flohmarkt eine kleine Gitarre, der er die Saiten falsch aufzog und sie dann wie eine Geige benutzte. Als Bogen nahm er einen glatten, dünnen Ast, dessen Enden er mit einer Kordel etwas zusammenzog.

Zum ersten Mal spielte er morgens um sieben Uhr vor der Bar. Nach und nach öffneten sich die Fenster, aber jeder, der feststellte, dass es Martin war, seufzte und schloss diese wieder mehr oder weniger leise.

Um acht Uhr stürzte Christophe nach draußen und sagte atemlos zu Martin, dass er jetzt umsonst bei ihm Kaffee trinken dürfe.

Seinen größten Erfolg der letzten Jahre hatte er, als er, verkleidet wie ein Mondmann, auf einer leeren Rotweinflasche „La Paloma" blies.

Er erfreute seine Freunde mit einem ungestimmten Kontrabass, einer kleinen Ziehharmonika, die sich nicht mehr richtig spielen ließ, und einer Drehorgel, die nur ein Lied kannte.

„So lebt er eigentlich noch heute", sagte die Frau.

„Obwohl", sie machte eine kleine Pause, „obwohl Martin jetzt ein neues Projekt hat. Manchmal hat er einfach keine Lust, seine Wohnung zu putzen, Essen zu kochen oder die Wäsche zu waschen. Deshalb hat er letzten Woche in der Regionalzeitung eine Annonce aufgegeben, in der er eine zurückhaltende, möglichst stumme Person sucht, die ihm hin und wieder für einige Stunden den Haushalt führt, ansonsten aber machen kann, was sie möchte. Jetzt wartet er auf Antwort".

„Dann wollen wir gespannt sein, wen er sich ausgesucht hat", sagte der Mann.

Und da Martin gerade unten vor der Bar saß und zu ihnen hochschaute, nickte der Mann ihm freundlich zu.

Bach

An dem großen Tisch direkt neben dem Eingang der Bar saßen acht junge Leute beim Mittagessen. Sie waren fröhlich und lebhaft. Immer eine Person aus der Gruppe erzählte etwas, die anderen warfen lachend Bemerkungen in die Runde, und dann prusteten alle los.

Am Nachbartisch saßen ein älteres Paar und eine junge Frau, die ihre Tochter sein konnte, denn sie gingen sehr vertraut miteinander um.

Mit ihrer Fröhlichkeit steckten die acht jungen Leute die übrigen Gäste an, denn diese schauten oft zu ihnen hinüber und lachten mit, obwohl sie auf die Entfernung gar nicht verstehen konnten, was erzählt wurde.

Ein junger Mann, den die beiden auf dem Balkon gut beobachten konnten, erzählte gerade etwas, wobei er immer wieder durch die Einwürfe der anderen und deren Gelächter unterbrochen wurde. Besonders eine Frau mit zwei langen schwarzen Zöpfen machte oft Bemerkungen, die von den anderen am Tisch aufgenommen wurden.

Aber der Mann fuhr unbeirrt fort und steigerte sich zunehmend in seine Erzählung.

Die drei Personen am Nachbartisch hatten ihre Unterhaltung eingestellt und aßen ihr Dessert. Immer öfters hielt die junge Frau inne. Es schien so, als wollte sie hören, was am Nachbartisch gesprochen wurde.

Plötzlich drehte sie sich um, sah den Erzähler direkt an und sagte etwas zu ihm.

Schlagartig hörte das Lachen auf und absolute Stille trat ein. Doch dann konnte sich einer der acht nicht zurückhalten, er prustete los, die anderen fielen sofort ein, und es wurde nur noch gelacht, so dass sich viele der übrigen Gäste zu dem besagten Tisch herumdrehten.

Der Erzähler stand auf, sein Gesicht war so rot geworden, dass es sogar die beiden auf dem Balkon bemerkten. Er ging auf die Frau vom Nachbartisch zu, grüßte ihre Begleiter und sagte etwas zu ihr. Daraufhin erhob sie sich und ging mit ihm zu seinem Tisch, wo seine Freunde neugierig schauend und vergnügt die Frau begrüßten.

Nach einer kurzen Unterhaltung ging die Frau lachend zu ihrem Tisch zurück und unterhielt sich mit dem Paar, das die gesamte Zeit über die Szene mit Interesse beobachtet hatte.

Kurze Zeit später verließen diese drei ihren Tisch, drehten sich noch einmal zum großen Tisch hin, woraufhin der Erzähler der Frau zuwinkte und ihr etwas zurief. Sie nickte und ging dann fort.

Etwas später gingen auch die acht jungen Leute, immer noch kichernd und lachend.

„Ich denke mir, das war so", sagte spontan die Frau. Der Mann klappte seinen Liegestuhl auf, legte sich hinein und die Frau begann:

Sie hat ihre Eltern für einige Tage eingeladen, damit auch sie die Gegend kennenlernen sollten, in der sie seit einigen Monaten wohnte.

In der nahen Kreisstadt hatte Julie, so wollen wir sie nennen, die Möglichkeit erhalten, im Krankenhaus eine Stelle als Assistenzärztin anzutreten.

Zuerst war sie deprimiert gewesen, dass sie trotz ihres guten Examens nichts in der Nähe ihres Studienortes gefunden hatte. Es machte sie auch traurig, ihre Freunde und Eltern verlassen zu müssen. Ihr jetziger Wohnort war so weit entfernt, dass es kaum Sinn machte, sie an ihren freien Tagen zu besuchen.

Die Eltern waren auch sehr traurig gewesen und waren es noch immer, dass sie ihr einziges Kind nur noch selten sehen konnten.

Anfangs fühlte sich Julie sehr einsam. Einige Freunde hatten ihr beim Umzug geholfen, und als sie sich abends verabschiedeten und zurückfuhren, hatte sich Julie heulend in ihr Bett verkrochen.

Glücklicherweise hatte sie im Krankenhaus viel zu tun, dass sie wenig Zeit zum Traurigsein hatte. Die Arbeit war auch erstaunlich interessant, und so versöhnte sie sich langsam mit ihrem Schicksal.

Zu ihrem Examen hatten ihr die Eltern ein kleines Auto geschenkt, mit dem sie in ihrer freien Zeit oft in der Umgebung herumfuhr. Von der Schönheit der Landschaft war sie überrascht, und inzwischen hatte sie schon mehr entdeckt und besichtigt als so mancher Einheimische. Der ruhig-freundliche, leicht distanzierte Menschenschlag kam ihrem Naturell zusätzlich entgegen. Um Freundschaften zu knüpfen, war es wohl noch zu früh, aber Julie hoffte, dass sich dies in absehbarer Zeit entwickeln würde.

Als sie ungefähr einen Monat in der neuen Wohnung lebte, wurde es Frühling. An einem Tag, als die Sonne so strahlend schien, öffnete Julie das Fenster, um die Wärme zu spüren.

Sie hörte Flötenmusik. Diese Musik kannte sie genau, jede einzelne Note war ihr bekannt. Es war das Konzert für Violine und Oboe von Johann Sebastian Bach. Wie oft hatte sie es zusammen mit ihrem Geigenlehrer gespielt. Sie musste lächeln, als sie an ihn dachte.

Er war schon vor Jahren ziemlich alt und klapperdürr gewesen. Mit seiner noch älteren, noch dünneren Schwester, die ihm den Haushalt führte, lebte er zusammen. Verheiratet war er nie. Immer wieder betonte er, dass man im Leben nur eine wahre Liebe haben könne, er hätte sich für die Geige entschieden.

Enttäuscht war er, dass sie sich nach dem Abitur nicht für ein Musik-, sondern das Medizinstudium entschieden hatte und dieses wichtiger nahm als den Geigenunterricht.

Als sie nach ihrem Studium in diese Stadt ziehen musste, war er doch traurig, als sie sich verabschiedete. Er schenkte ihr mehrere alte, vergilbte Notenblätter, von denen er sagte, dass sie schon seinem Großvater gehört hätten und er sie bei ihr in guten Händen wüsste.

Dann spielten sie noch einmal das Bachkonzert zusammen und gingen auseinander.

Jetzt spielte jemand die Melodie der zweiten Violine mit der Flöte, und das nicht einmal schlecht.

Bisher kannte Julie nur die Fassung Violine – Oboe, aber der Ton der Flöte gefiel ihr ausnehmend gut.

Sie blieb am Fenster stehen und summte mit. Hey, jetzt hatte der unbekannte Flötenspieler gehudelt.

„Ja, mein Freund, diesen Triller müsstest du länger spielen", sagte sie vor sich hin. Sie lehnte sich aus dem Fenster, um besser lokalisieren zu können, woher die Töne kamen.

Sie schienen von rechts zu kommen, wahrscheinlich aus dem Nachbarhaus.

Als die Musik endete und sie sich später einen Imbiss zubereitete, summte sie die Musik glücklich vor sich hin, fühlte aber auch eine unbestimmte Wehmut.

Einige Tage später hörte sie wieder Flötenmusik. Es war ein bunter Reigen von bekannten und unbekannten Werken. Manchmal hörte der Spieler mitten im Stück auf und begann mit einem neuen. An einigen Stellen übte er mehr oder weniger intensiv, aber im Allgemeinen spielte er recht großzügig über Unsicherheiten hinweg. Am Ende spielte er wieder das Konzert von Bach.

So ging es einige Tage lang. Dieses Konzert schien seine Lieblingsmelodie zu sein, denn jedes Mal beendete es seinen Vortrag.

Ein Woche später holte Julie ihre Geige aus dem Kasten. Lange hatte sie nicht mehr gespielt: erst das Examen, dann der Umzug, die Eingewöhnung.

„Ich habe dich nicht vergessen", murmelte sie ihrer Geige zu, „aber du weißt ja, dass alles seine Zeit hat."

Dann suchte sie die Noten für die erste Violine hervor, schloss das Fenster und begann zu spielen. Je länger sie spielte, um so sicherer fühlte sie sich, die Töne strömten aus der Geige, wie sie es sich wünschte.

An einem warmen Frühlingsabend hörte sie ihn wieder spielen. Sie wartete. Und dann hörte sie die ersten Töne des Konzertes für Violine und Oboe.

Sie hatte die Geige griffbereit neben sich liegen. Jetzt nahm sie sie hoch und setzte ein.

Der Flötenspieler unterbrach abrupt seinen Vortrag, und auch Julie hörte auf zu spielen. Sie wartete.

Er begann von vorne, und sie setzte wieder ein. Diesmal stockte er nur kurz und spielte dann weiter, gemeinsam mit ihr.

Von diesem Zeitpunkt an spielte er häufiger. Fast jeden Abend hörte sie ihn, und dann spielte sie immer „ihre Melodie" mit.

Julie überlegte, wie er wohl aussehen könnte, der Flötenspieler. Dass es vielleicht eine Frau war, zog sie gar nicht in Betracht.

„Ob er so alt ist wie mein alter Geigenlehrer?", fragte sie sich.

Es könnte auch ein introvertierter, ausgemergelter Musikstudent sein. Nein, das war nicht möglich, dazu übte er zu wenig. Es musste jemand sein, der einem Beruf nachging. Denn er spielte immer nur am Nachmittag oder frühen Abend.

Sie glaubte nicht, dass der kräftige, schwitzende Mann, der jeden Tag am frühen Nachmittag an ihrem Haus vorbeiging und zu ihrem Fenster hochblickte, der Flötist sein konnte. Nein, so jemand würde die Tuba blasen oder zumindest die Posaune. Er würde ja mit seinen Fingern zwei Flötenklappen gleichzeitig drücken.

Einmal hatte sie nicht mitbekommen, dass wieder Flötenmusik ertönte. Sie saß über ihren Büchern, um sich über ein Krankheitsbild, das heute in der Klinik diagnostiziert wurde, weitergehend zu informieren. Nur im Unterbewusstsein nahm sie die Musik wahr. Plötzlich bemerkte sie, dass der Flötist immer wieder die ersten Takte ihrer gemeinsamen Musik spielte.

Er wartete auf sie. Julie lief zu ihrem kleinen Schrank, holte ihre Geige und setzt ein. Sie meinte, in seiner Art zu flöten ein „na endlich!" zu erkennen.

Ihr wurde klar, dass hier zum ersten Mal ein bewusstes In-Kontakt-Treten von seiner Seite aus stattgefunden hatte.

In der folgenden Zeit glaubte sie immer deutlicher zu erfassen, in welcher Stimmung der Flötenspieler war. Meistens war er guter Laune, dann spielte er oft noch einen Extra-Abschieds-Ton. Es gab aber auch Tage, da war er unkonzentriert oder in Eile. Einmal war er auch völlig lustlos und spielte lieblos die Melodie herunter. Besonders das Adagio klang ganz schrecklich. Daraufhin spielte Julie am Ende drei scharfe, schräge Töne. Am nächsten Tag erklang keine Musik.

In der Folgezeit stellten sie sich immer besser aufeinander ein.

Spielte der eine zu elegisch, zog der andere ihn mit; stürmte einer voran, brachte der andere wieder Ruhe in das Zusammenspiel. Sie musizierten auch schon mal um die Wette, um zu ergründen, wen es zuerst aus der Kurve warf. Meistens gewann Julie, worüber sie sehr glücklich war.

Manchmal glaubte Julie, dass seine Flöte ihre Geige umschmeichelte. Ab und zu ließ sie sich darauf ein, und beide spielten ganz wunderbar.

Der Flötist wohnte im Haus neben ihr, aber sie wusste immer noch nicht, wer er war, denn der Eingang lag um die Ecke, und es gab bestimmt zehn Wohnungen im Nachbarhaus.

Einmal hatte sie die Idee, zwischen beiden Haustüren einen Hut auf die Straße zu stellen, damit sich die Vorübergehenden mit einer kleinen Gabe für die schöne Musik bei ihnen bedanken konnten. Mit dem Geld würden sie gemeinsam essen gehen, und sie könnte sich den Flötisten einmal genauer ansehen.

Als Julie mehrere Tage hintereinander Nachtdienst hatte, fragte sie sich, wie der Musiker im Nachbarhaus wohl reagieren könnte, wenn sie nicht mitspielen würde.

Aber dann wechselte sie in die Frühschicht und wartete am Spätnachmittag auf die ersten Töne. Aber es war nichts zu hören. Auch die nächsten Tage nicht. Julie wurde unruhig. War er etwa weggezogen? Sie hatte in den letzten Tagen einen Möbelwagen vor dem Nachbarhaus gesehen, dachte aber, dass die Familie mit den drei Kindern ausgezogen wäre, denn diese Kinder tollten lange um die herumstehenden Kisten und Möbel herum. Oder war er verreist? Dass er wütend sein könnte, weil sie sich so lange nicht gemeldet hatte, glaubte sie nicht. Und wenn er krank wäre?

Aber inzwischen machte ihr das Geigespielen wieder so viel Freude, dass sie begann, jeden Tag einige Zeit zu üben.

Seit einer Woche war er wieder da. Julie vermutete, dass er in Urlaub gewesen war. Zwar waren seine Finger etwas eingeschlafen, aber dafür schien er blendender Laune zu sein.

An diesem verlängerten Wochenende brauchte sie einige Tage nicht zu arbeiten und hatte deshalb ihre Eltern eingeladen. Es war von ihr als ein kleiner Dank dafür gedacht, dass sie viel getan hatten, um ihr ein relativ sorgenfreies Studieren zu ermöglichen. Auch kannten die Eltern diese Gegend nicht, nun wollte sie ihnen zeigen, wo sie wohnte und wo sie arbeitete. Außerdem sollten die Eltern erfahren, warum sie von der Schönheit dieser Landschaft so begeistert war.

Sie hatte während der bisherigen Fahrt kaum eine Sehenswürdigkeit ausgelassen. So hatten die Eltern die berühmte Kirche im Nachbarort besichtigt, ebenso das bekannte Schloss in der näheren Umgebung, waren durch Lavendelfelder gefahren, vom Duft betört, und hatten einen herrlichen Blick von der Hochebene genossen. Nun konnten sie die Begeisterung ihrer Tochter für diesen Landstrich nachvollziehen.

Bei einer ihrer früheren Spritztouren hatte Julie diese Bar entdeckt und beschlossen, dass sie hier mit ihnen essen wollte.

Jetzt waren alle drei froh, ihre Beine unter dem Tisch ausstrecken zu dürfen und vor sich hin zu sinnen. Reden wollten sie kaum noch, brauchten es auch nicht, da sich am Nebentisch eine fröhliche Gesellschaft junger Leute befand, die immer wieder in lautes Lachen ausbrach.

Obwohl Julie und ihre Eltern nur ab und zu einige Wortfetzen hörten, wurden sie in die gute Stimmung mit einbezogen.

Plötzlich wurde Julie aus ihren Träumen herausgerissen, und ohne dass es ihr bewusst war, hörte sie intensiver zu, als sie die Worte „Bach", „Geige", „einige Wochen" hörte.

Nun wurde sie schlagartig aufmerksam. Aber sie hatte wohl das Wichtigste in Bezug auf das Musizieren verpasst, denn gerade begann die männliche Stimme über die unbekannte Person, die hinter der Geige steckte, zu spekulieren. Er malte das Bild einer schlanken Frau mit langen blonden Haaren, die sie beim Geige spielen zu einem kunstvollen Pferdeschwanz zusammengebunden hatte. Sie hatte ein offenes, sehr ebenmäßiges Gesicht, war ausgesprochen geschmackvoll gekleidet, was auch nachvollziehbar war, da ihr Vater über enorme Reichtümer verfügte.

Ein bisschen arrogant schien sie zu sein, aber wenn er mit seiner Flöte richtig loslegen würde, wäre sie plötzlich ganz bescheiden.

Die Freunde brachen in Gelächter aus, und die junge Frau mit Zöpfen rief dem Erzähler zu, dass sie von ihm auch nichts anderes als eine Traumfrau erwartet hätte.

Ein anderer meinte, dass es bestimmt eine spindeldürre Geigenlehrerin sei, die ihre ganze Zuneigung, deren sie fähig wäre, ihrem Instrument schenken würde.

Der Erzähler mischte sich wieder lachend ein und bemerkte, dass dies nicht sein könne, da die Unbekannte so gut auch wieder nicht spielen würde.

„Na warte", dachte Julie, „wollen wir doch mal sehen, wer von uns beiden die Finger schneller bewegen kann."

Weitere witzige Bemerkungen gingen hin und her, wobei die Männer in erster Linie eine Beschreibung der Unbekannten entwarfen, wohingegen die Frauen die Männerfantasien bewerteten.

„Du hast sie ja noch gar nicht gesehen", rief der Mann, der Julie am nächsten saß. „Sie ist so hässlich, dass sie sich nicht nach draußen traut. Ihre Geige bekommt man ebenfalls nicht zu sehen, weil es vom Doppelkinn verdeckt wird."

Julie merkte, wie sie rot anlief und wütend mit den Zähnen knirschte.

Sie war aber erleichtert, dass die Frauen ihr Missfallen deutlich machten und auf den Alkoholkonsum der Männer verwiesen.

Eine von ihnen fragte, wieso es eine Frau wäre, die die Geige spielen würde. Es könne doch auch ein älterer Freizeitmusiker sein. Ihr Einwurf wurde von einigen der Freunde unterstützt und mit weiteren Beispielen untermauert.

„Nein, nein", rief der Erzähler, „ich habe sofort an der Art des Spielens gemerkt, dass es sich um eine Frau handelt. Wenn ich langsam spiele, wird sie auch ruhiger. Wenn ich das Tempo forciere, legt sie auch zu. Ich bin immer der, der die Richtung angibt."

Und der Erzähler schaute keck in die Runde; die Freunde lachten.

Julie drehte sich abrupt um und schaute ihm direkt ins Gesicht, woraufhin er sie erstaunt ansah. Sie sagte laut in die Runde: „Wenn Sie das Adagio auch als solches spielen würden, würde Ihre Spielweise Bach endlich gerecht!"

An dem Tisch war es augenblicklich still. Alle Gesichter waren ihr zugewendet. Der Erzähler schaute verunsichert vor sich hin. Auch an den Nachbartischen hatte man bemerkt, dass etwas in der Luft lag.

Nach einigen Sekunden absoluter Ruhe brach ein Freund in ohrenbetäubendes Gelächter aus, in das die anderen sofort einfielen.

Selbst die Gäste, die an den weiter entfernten Tischen saßen, drehten sich zu den jungen Leuten um und lachten zum Teil mit, ohne zu wissen, worum es ging. Sie ahnten aber, dass es etwas mit dem stehenden jungen Mann zu tun haben musste, dessen Gesicht über und über rot war.

Dann schien ihn aber das fröhliche Gelächter aus seiner Starrheit zu lösen, er ging auf die junge Frau am Nachbartisch zu, verbeugte sich vor ihr, vor ihren Eltern und sagte: „Pascal Sarro, Lehrer am Lycée Marie Curie, begnadeter Flötist und Nachbar einer unbekannten Geigerin. Darf ich Sie meinen Freunden vorstellen, damit diese entscheiden können, wessen Projektion Sie am ehesten entsprechen."

Julie, die sich eben noch geärgert hatte, war nun von der komischen Seite der Situation ganz angetan. Lachend ging sie mit Pascal zum Nachbartisch und stellte sich vor.

Je nachdem, wie die Freunde vorher die unbekannte Geigerin vor den Augen der anderen hatten entstehen lassen, waren sie teilweise etwas verschämt, aber auch recht fröhlich, und es wurden freundliche Worte gewechselt.

Wieder an ihrem Tisch klärte Julie kurz ihre Eltern auf, die sich zwischenzeitlich auch schon eine eigene Geschichte zusammengereimt hatten.

Später rief Julies Vater nach der Rechnung. Beim Aufbruch drehten sich alle drei zum Nachbartisch um und nickten den jungen Leuten zum Abschied zu. Pascal winkte Julie und rief, dass er sich in den nächsten Tagen melden würde.

Auf der Rückfahrt, nachdem sie alles noch einmal an sich hatte vorbeiziehen lassen, fragte sich Julie, ob es ein Gewinn sein würde, den unbekannten Flötisten kennengelernt zu haben, wäre vielleicht das Geheimnis um ihn nicht schöner gewesen?

Das Jazzkonzert

Unten vor der Bar wurden mehrere Tische zusammengeschoben und mit einer schönen Tischdecke abgedeckt. Der Mann zählte zwölf Stühle, die um den großen Tisch gestellt wurden.

„Für eine Hochzeit ist es aber recht spät." Er war verwundert.

Die Frau dachte kurz nach. „Ach, ich weiß, was das bedeutet. Christophe hat mir heute erzählt, dass sich der Stadtrat aus Toulenc heute Abend hier treffen wird. Wahrscheinlich wollen sie außerhalb ihres Ortes ihre Tantiemen verfuttern."

Etwas später trafen nach und nach die Stadträtinnen, Stadträte und der Bürgermeister ein, die sich aber beim Essen so ruhig verhielten, dass die beiden auf dem Balkon sie vergaßen.

Später wurde es nach und nach lauter, besonders eine alte Dame schien sich gegen irgendetwas zu wehren. Sie schüttelte häufig den Kopf, sprang einmal sogar erregt auf und rief mehrmals: „Nein, nein" oder „das ist unmöglich, das ist unangemessen!"

Als die Gruppe auseinanderging, schienen sich zwei Parteien gebildet zu haben. Eine kleinere, die die alte Dame unterstützte, und eine größere, die vom Bürgermeister dominiert wurde.

„Welches Problem hatten die denn zu lösen?", lachte er.

„Ich würde sagen ... Es ging um die Fortsetzung beziehungsweise Beendigung der Konzerte und Vernissagen im Schloss von Toulenc. Du weißt doch, dass letzte Woche dort eine Veranstaltung war. Und die alte Dame war anwesend."

„Ach ja?" Und während er sich bequem in seine Hängematte legte, begann sie zu erzählen:

Sie saß in der fünften Reihe, genau in der Mitte. Kerzengerade saß sie da in ihrem schwarzen Kostüm, ihrer weißen, mit großer Geduld gestärkten und gebügelten Bluse. Ihre Haare hatte sie frisch gewaschen und sorgfältig frisiert.

Ihr Alter, so glaubte sie, sah man ihr nicht an, und da sie sich immer sehr gerade hielt, erschien sie größer, als sie war.

Eigentlich hatte sie nicht kommen wollen.

Obwohl – bei der Vernissage wollte sie schon anwesend sein, stellte doch eine bekannte Künstlerin aus dem Nachbarort ihren Bilderzyklus „Spuren in Eis und Schnee" vor.

Außerdem gab es nach gebührender Betrachtung der Bilder leckere Häppchen, man konnte den Wein verschiedener Weingüter der Umgebung kosten und mit Nachbarn und Honoratioren plaudern.

Aber zuerst einmal musste sie ein Jazzkonzert ertragen, das ungefähr eine Stunde dauern sollte.

Genau konnte sie sich nicht vorstellen, was sie erwartete, aber sie erinnerte sich, dass sie vor Jahren eine sehr fremde, laute, wenig ansprechende Musik im Haus ihres Neffen gehört hatte, der auf ihre Nachfrage von „Jazz" sprach.

Natürlich hätte sie auch eine Stunde später kommen können, aber nein, das tat sie nicht. Sie wusste, dass sie jeder im Ort kannte, war sie doch bis zu ihrer Pensionierung die rechte Hand des jeweiligen Bürgermeisters gewesen. Danach hatte sie sich für den Stadtrat aufstellen lassen und war, nachdem Madame Fugarette – Gott sei ihr gnädig – gestorben war, auch nachgerückt.

Sie musste ein Vorbild bleiben, und dazu gehörte zweifelsohne, dass sie an allen Veranstaltungen, die von dem Ort organisiert wurden, teilnahm.

Das Konzert hatte noch nicht begonnen. Sie schaute nach vorne, wo ein Klavier, eine Ansammlung von Trommeln – oder nannte man das heutzutage Schlagzeug? – und ein Notenständer aufgestellt waren. Dann ließ sie ihre Blicke durch den gesamten vorderen Raum schweifen.

Hoch war das Gewölbe. Sie nickte anerkennend, als sie an die aufwändige Restaurierung im letzten Jahr dachte. Es war richtig gewesen, dass es der neue Bürgermeister durchgesetzt hatte, den größten Raum des alten Schlosses wieder herzurichten und ihn für wichtige Veranstaltungen zur Verfügung zu stellen.

Dass man vorher immer die Turnhalle benutzen musste, war der Bedeutung des Ortes nicht angemessen gewesen.

Gerne hätte sie auch hinter sich gesehen. Aber das gehörte sich nun wirklich nicht. Zu gerne hätte sie aber gewusst, ob Marcel, der im Ort wohnende Maler, auch anwesend war, oder Monsieur Milo, der Organist und Musiklehrer.

Jetzt hätte sie sich doch fast rumgedreht! Zum Glück kam gerade ihre Freundin Thérèse und setzte sich neben sie. So konnten sich die beiden Damen über gestiegene Preise, die Verpachtung der kleinen Stofffabrik und das Wetter unterhalten.

Sie bekamen nicht mit, dass drei Musiker nach vorne gingen. Erst durch den Applaus der übrigen Anwesenden wurden sie aufmerksam.

Sie setzte sich aufrecht auf ihren Stuhl und schaute in Richtung der Musiker. Auch wenn sie so tat, als würde sie sich voller Erwartung auf das Kommende freuen, dachte sie doch an etwas ganz anderes.

Das hatte sie schon als junges Mädchen gelernt, als sie von ihren frommen Eltern angehalten wurde, jede Messe zu besuchen. Und früher wurden mehrere gelesen als heute.

Der Priester damals war uralt, sprach sehr leise und variierte nicht sehr oft in dem, was er sagte.

So zählte sie in der Zeit die Blätter des Gummibaumes, den irgendjemand vor Jahren neben den Altar gestellt hatte. Sie zählte die vor ihr sitzenden Frauen und setzte sie ins Verhältnis zu den wenigen anwesenden Männern. Oder sie zählte ab, welcher Buchstabe des Alphabets am häufigsten in dem eben gesungenen Choral vorkam.

An dies alles erinnerte sie sich und hörte nicht zu, was der Musiker, der sich neben das Klavier gestellt hatte, den Zuhörern erzählte.

Als wieder applaudiert wurde, nahm sie an, dass die Einführung nun beendet sei und dass das Konzert beginnen würde.

Und so war es. Ein zweiter Musiker stand hinter dem Notenständer und hielt ein Saxophon in der Hand, der dritte hatte hinter dem Schlagzeug Platz genommen.

Die Musik begann sehr leise, ruhig und melodisch. Sie war beruhigt, so konnte man dieses Konzert überleben. Nach einiger Zeit schaute sie unauffällig auf ihre dezente Armbanduhr. Zehn Minuten waren schon vorbei. Nur noch ungefähr eineinhalb Stunden bis zu den Häppchen.

Nachdem das erste Stück geendet hatte, klatschte sie. Nicht so kräftig wie ihre Freundin, aber zufrieden, dass es bisher nicht so schlimm wie vermutet war.

Doch dann zuckte sie zusammen. Aber nicht nur sie, sondern fast alle Zuhörer. Einige lachten, manche klatschten. Die Musiker hatten ihr Publikum mit einigen lauten, schrillen Tönen aus der Stimmung geholt, in die sie vorher durch die Musik hineinversetzt worden waren.

Sie setzte sich wieder gerade hin. Ihr gefiel es nicht, dass sie für einen Moment die Kontrolle über sich verloren hatte.

Die Musik dröhnte weiter. Bei aller Contenance, so einfach ließ sich das nicht ertragen.

Sie konnte sich nur beruhigen, indem sie ein hochmütiges Lächeln aufsetzte. Das war nun wirklich Musik unter ihrem Niveau!

Es irritierte sie nur, dass Thérèse nicht auf ihr hochmütiges Lächeln reagierte, sondern interessiert nach vorne schaute.

Saß sie noch gerade? Einige Minuten vergingen. Plötzlich verkrampfte sie sich. Hatte sie missbilligend mit ihrem Kopf gewackelt? Das hätte ihr nicht passieren dürfen.

„Kontrolle, Kontrolle", rief sie sich zu und versuchte, entspannt zu atmen. Eine Zeit lang konnte sie so ihre Erregung zurückdrängen.

Ein Solo des Saxophonisten bereitete dem aber ein jähes Ende. Wütend schüttelte sie ihren Kopf, die schrillen Töne waren nicht auszuhalten. Wieso klatschten denn einige Zuhörer? Bestimmt Touristen vom Campingplatz. Wieso wippte Thérèse mit dem Fuß? Die alte Dame warf ihr einen wütenden Blick zu.

Wieder schaute sie auf die Uhr, diesmal nicht ganz so diskret wie beim ersten Mal. Das war doch nicht möglich! Noch nicht mal eine halbe Stunde rum. Um genau zu sein: 26,5 Minuten.

Sie beäugte ihren Sekundenzeiger und zählte die Sekunden mit: 21, 22 ... Die Uhr war in Ordnung.

Sie setzte sich wieder gerade hin und faltete die Hände vor ihrem Bauch. So hoffte sie zur Ruhe zu kommen. Die Musik war wieder etwas melodischer geworden. Da schlug der Schlagzeugmensch los. Warum schlug Gott sie für eine halbe Stunde nicht mit Taubheit?

Bevor sie nachdenken konnte, drehte sie den Kopf und starrte die Menschen an, die hinter ihr saßen. Aber die beachteten sie gar nicht. Einige hatten die Augen geschlossen, andere hatten sich nach vorne gebeugt, als wollten sie besser hören.

So ein Unsinn bei diesem Lärm.

Sie drehte sich wieder nach vorne und richtete sich auf. Dabei warf sie Thérèse einen Blick zu. Die lächelte! Das war doch wohl nicht möglich.

Die alte Dame wiegte ihren Oberkörper weit nach vorne, so wie sie es immer tat, wenn sie Magenschmerzen hatte. Diese Stellung hielt sie aber nicht lange aus. Ihr Oberkörper wiegte sich nun hin und her.

„Wie bei einem Autisten." Als ihr das bewusst wurde, brach ihr der Schweiß aus. So peinlich es ihr war, sie musste ihr gestärktes, mit Hohlsaum umhäkeltes Taschentuch aus ihrer Handtasche ziehen und sich über die Stirn fahren. Ängstlich schaute sie nach rechts und links. Wurde sie beobachtet? Es schien nicht so, die anderen blickten gespannt auf die Musiker.

„Wie das Kaninchen vor der Schlange", dachte sie bitter.

Sie schaute auf ihre Uhr, noch eine Viertelstunde! Ob die Zugaben in der Stunde, die man den Musikern zur Verfügung gestellt hatte, eingeplant waren?

Die Hitze im Saal und ihre eigene Erregung ließen ihre Brille beschlagen. Sie nahm sie ab, und während sie sie mit ihrem Taschentuch putzte, bemerkte sie, dass ihr Kopf schon seit geraumer Zeit heftig wackelte. Sie konnte jetzt daran nichts mehr ändern.

Am liebsten wäre sie aufgesprungen und nach draußen gelaufen. Aber das gehörte sich nicht, und außerdem standen die Stuhlreihen viel zu eng.

„Kontrolle, Kontrolle", keuchte sie sich zu. „Nur noch sieben Minuten."

Inzwischen war es im Saal unruhiger geworden. Einige Bravorufe waren zu hören, manchmal wurde geklatscht, und die meisten wippten mit den Füßen oder trommelten mit den Fingern auf ihren Beinen herum.

Da verlor auch die alte Dame ihre letzten Hemmungen. Sie drehte sich zu Thérèse hin und rief ihr zu, dass die Lautstärke nicht zu ertragen sei.

Der Mund blieb ihr offen stehen, als ihr Thérèse lachend zurief, dass das so sein müsse, da sonst die Stimmung nicht rüber käme. Sie sagte wirklich „rüber käme"!

Schlussakkord, Verbeugung, Applaus.

Es wurde geklatscht, getrampelt, gepfiffen, Bravo gerufen. Die alte Dame war zuerst erschöpft in sich zusammengefallen, dann nahm sie wieder Haltung an und klatschte drei Mal dezent in ihre Hände.

Die Zuhörer standen jetzt nach und nach auf und klatschten mit ohrenbetäubendem Lärm weiter. Auch die alte Dame erhob sich, applaudierte pflichtgemäß und eilte dann schnell in Richtung kaltes Buffet. Das Weinglas in der einen, die Lachsschnitte in der anderen Hand versuchte sie zum Bürgermeister vorzudringen. Keine Chance bei dem Gedränge – und bei der Pflicht zur gepflegt-heiteren conversation mal mit dieser oder jenem. Ihren vehementen Einsatz für „mehr Hochkultur" in diesem wunderschönen Schloss musste sie auf das nächste Treffen im Gemeinderat verschieben.

Der Musikus (2)

Wäsche hatte sie gewaschen, den Küchenschrank aufgeräumt, die neuen Vorhänge umgenäht und einige Stunden geschrieben.

Nun saß sie auf dem Balkon, um sich etwas auszuruhen. Nachdem sie die Zeitung gelesen hatte, überlegte sie, wie sie ihren Nachmittag verbringen wollte. Ihr Mann war für einige Tage fortgefahren, um bei der Renovierung eines alten Hauses, das ihre besten Freunde vor einiger Zeit gekauft hatten, zu helfen.

Da sie gerade eine schwere Erkältung hinter sich hatte, war sie nicht mitgefahren. Sie wollte sich erst einmal richtig erholen, aber stundenlang auf dem Balkon sitzen, mochte sie auch nicht. Schließlich lebte sie in keinem Lungensanatorium. Ihr fehlte die Unterhaltung mit ihrem Mann. Und weil sie ab und zu mit jemandem ein Wort wechseln musste, beschloss sie, sich an einen der kleinen Tische der Bar zu setzen.

Aber auch hier war alles ruhig, kein Mensch weit und breit, mit dem sie sich unterhalten oder den sie beobachten konnte.

Die Touristen, Handlungsreisenden und auch Anwohner hatten ihr Mittagessen beendet und waren wieder auf Erkundungstour oder zu ihrem Arbeitsplatz geeilt. Und es war noch zu früh, dass sie an den Nachmittagskaffee denken würden.

Trotzdem entschied sie sich, vor der Bar zu bleiben, etwas zu trinken und die wenigen vorbeischlendernden Menschen zu beobachten.

Da sie gerade Kindern der École Maternelle nachschaute, die paarweise in wohlgeordneter Formation über den Platz gingen, hatte sie nicht bemerkt, dass in der Zwischenzeit René-Donatus-Martin auf den Platz gekommen war.

Auch er hätte sich gerne unterhalten, fand aber niemanden von seinen Bekannten vor. Zwar hatte er sein Flötenrohr dabei, aber wenn ihm keiner zuhörte, spielte er nicht gerne auf dem Platz, sondern übte lieber zu Hause.

Er ließ sich einen Kaffee bringen und träumte vor sich hin. Erst nach einiger Zeit nahm er die Frau wahr, die er schon öfters gesehen und über die er erfahren hatte, dass es eine Fremde, eine Ausländerin war, die aber schon seit einigen Jahren hier wohnte.

Wie lange schon, dass wusste er nicht genau. Aber war sie noch eine Fremde, wenn sie hier wohnte? Er wusste es nicht, und nachdem er lange über dieses Problem nachgedacht hatte, aber keine Antwort fand, verscheuchte er diesen Gedanken.

Noch nie hatte er mit ihr gesprochen, aber vor kurzer Zeit hatte sie ihn so freundlich gegrüßt, wie sich nur gute Bekannte grüßen. Wann hatte er sie denn kennengelernt? Es fiel ihm nicht ein. Wer hatte sie ihm vorgestellt? Er konnte sich nicht erinnern.

Wieder einmal ärgerte er sich über sein unzuverlässiges Gedächtnis.

Etwas mühsam erhob er sich, zupfte die Ärmel seiner grünen Jacke zurecht, zog seine Handwärmer korrekt an und ging zu ihrem Tisch.

Tief verbeugte er sich vor ihr und sagte leise: „Guten Tag, ist es nicht ein außergewöhnlicher Tag? Keine Wolke am Himmel, kein Wind, der die Kaffeetassen vom Tisch fegt." Er kicherte leise.

Die Frau sah erstaunt auf und sagte überrascht: „Guten Tag, Don …"

Er bemerkte, dass sie sich auf die Lippen biss, als hätte sie zuviel gesagt.

Er lächelte milde: „Don ist ein schöner Name. Wen meinen Sie damit?"

Die Frau hatte sich gefangen und sagte mit sicherer Stimme: „Ich dachte, dass Sie Donatus-René-Martin heißen. Aber vielleicht habe ich mich verhört, als Ihr Name einmal genannt wurde."

Er lachte etwas zu laut: „Ja, ja, das haben Sie! Ich heiße Jean-Claude. Aber Donatus gefällt mir sehr gut. Ich würde sowieso gerne anders heißen."

Die Frau streckte ihm zur Begrüßung ihre Hand entgegen, die er hastig ergriff und mit solcher Kraft schüttelte, dass sie Angst bekam, er könnte den Arm abreißen.

„Ist es Ihnen angenehm, wenn ich mich zu Ihnen setze?" Weil die Frau „Oh" stöhnte, interpretierte er das als Zustimmung und setzte sich unter vielen Verbeugungen, nicht ahnend, dass sich das „Oh" auf ihren schmerzenden Arm bezog.

Als sie sich etwas erholt hatte, fragte sie: „Wie soll ich Sie denn jetzt nennen?"

„Donatus!" schnell kam die Antwort. „Bitte sagen Sie Donatus zu mir; es ist ein wunderschöner Name, so edel, so außergewöhnlich."

Eine Weile lief das Gespräch etwas mühsam hin und her. Das Wetter wurde ausschweifend analysiert, der gute Kaffee der Bar und die Freundlichkeit von Christophe, dem Barbesitzer, gelobt. Beide stimmten auch darin überein, dass sie in einem wunderschönen Ort wohnten.

„Ich wohne schon ganz lange hier", sagte Donatus. Die Frau nickte.

„Sie wissen das?" Donatus war verwundert. Dann lachte er laut und blickte sie schelmisch an.

„Aber Sie wissen nicht alles von mir!"

„Wer weiß." Sie lachte.

Donatus stutzte, er überlegte lange, ungläubig fragte er: „Sind Sie Wahrsagerin?"

„Nein!" Die Frau schüttelte beruhigend den Kopf. „Aber etwas Ähnliches."

Donatus rutschte nervös zur Seite. Um ihn nicht weiter zu irritieren, sagte sie schnell: „Wissen Sie, ich denke mich gerne in andere hinein."

Er schien nicht richtig zu verstehen, was sie meinte. Die Frau bemerkte es und fügte deshalb erklärend hinzu: „Ich erfinde manchmal Geschichten über Menschen, die ich zufällig sehe. Und dann habe ich nachher das Gefühl, dass ich diese Menschen kenne."

Später wird die Frau nicht erklären können, was sie zu dieser Äußerung getrieben hatte. Wie konnte sie ihm etwas Erfundenes als ‚seine Geschichte' erzählen?

„Gut!" Er lachte. „Das ist ja komisch! Da muss ich aber lachen! Das habe ich noch nie gehört!"

„Doch, so etwas gibt es"; und sie fragte lachend: „Soll ich Ihnen Ihr Leben erzählen?"

Donatus sah sie misstrauisch an, aber nach und nach entspannten sich seine Gesichtszüge. Erst lächelte er, dann lachte er so laut, dass Christophe kurz vor seine Bar trat, um zu sehen, was Jean-Claude wieder angestellt hatte. Aber er konnte wieder beruhigt hineingehen, es schien alles in Ordnung zu sein.

Erwartungsvoll setzte sich Donatus aufrecht auf seinen Stuhl.

„Fangen Sie an!", sagte er atemlos.

„Nun Donatus, dann will ich beginnen und zwar mit dem Auffälligsten, Ihrer Kleidung."

Donatus wurde vor Freude rot und nickte eifrig.

„Sie machen sich viele Gedanken bei der Auswahl Ihrer Kleidung, und Ihnen fällt auch immer wieder etwas Neues ein. Dann holen Sie sich den passenden Stoff und nach einem von Ihnen erstellten Muster schneidern Sie sich dann, was Sie haben wollen."

Sie schaute ihn erwartungsvoll und auch ein bisschen unsicher an. Wie würde er reagieren?

Beruhigt atmete sie auf, als sie sah, wie glücklich er vor sich hinlächelte.

„Nicht wahr", sagte er nach einer Weile „auch Ihnen ist aufgefallen, dass ich ganz besondere Kleidung trage. Keiner hier im Ort hat so etwas Feines. Selbst die Frau da drüben", und er zeigte auf das große Haus mit dem wunderschönen Garten davor, „hat nicht so etwas Schönes, obwohl sie lange in Paris gelebt hat. Und auch die Touristen, die hierher kommen, haben nicht so etwas Wertvolles. Ja, ich brauche lange, ehe ich etwas Passendes finde – ich will ja immer wieder überraschen." Er machte eine Pause.

„Aber ich muss Ihnen etwas sagen", er beugte sich verschwörerisch zu ihr hinüber und flüsterte dann: „Ich mache die Kleidung aber nicht selber, ich kaufe sie auf den Flohmärkten in der Umgebung. Ich würde mir die Sachen ja gerne selber machen, aber Papa erlaubt es nicht. Er glaubt wirklich, dass ich nicht nähen kann."

Donatus lachte schrill auf.

Die Frau sah ihn unsicher an: „Ihr Vater? Ich dachte, Sie würden allein leben."

„Sehen Sie, Sie wissen doch nicht alles von mir."

Donatus freute sich und schlug sich derart kräftig auf die Schenkel, dass die Frau Angst hatte, die Knochen seiner dürren Beine könnten splittern.

„Da habe ich mich vertan. Ich dachte, dass Sie allein in einem kleinen Haus leben, für sich selber sorgen und nur ab und zu hierher kommen, um etwas Gesellschaft zu haben."

„Das ist auch richtig, mein Papa ist oft unterwegs. Er baut Brücken und kommt nur nach Hause, wenn eine fertig ist. Ja, Sie haben recht: Eigentlich lebe ich allein."

Beide schwiegen kurze Zeit, dann wurde Donatus ungeduldig.

„Was wissen Sie denn noch von mir?"

„Sie sind – ja, wie soll ich das ausdrücken – so etwas wie ein Einzelgänger, ein Eigenbrödler. Trotzdem haben Sie Kontakt zu den Menschen hier, und es ist auch nicht so, dass die anderen Sie nicht beachten, wie man es so oft bei Einzelgängern tut. Sie leben gerne allein und sind froh, keinen fragen zu müssen und auf niemanden Rücksicht nehmen zu müssen. Die Menschen hier akzeptieren Ihr Anderssein und mögen Sie."

Als er „so ist es, denn ich bin etwas Besonderes" sagte, war sie zufrieden, dass sie mit ihrer Feststellung nicht danebengegriffen hatte. Sie leerte ihre Tasse Kaffee und bestellte für sich und Donatus eine weitere Tasse.

„Jetzt aber weiter", sagte dieser ungeduldig.

„Ich glaube …". Hier zögerte die Frau etwas.

Sie begann von neuem: „Wenn ich jetzt etwas Falsches sage, unterbrechen Sie mich sofort."

„Klar, mach' ich", war die prompte Antwort.

„Es muss in Ihrem Leben aber eine schwierige Zeit gegeben haben." Sie sprach langsam und beobachtete ihn unauffällig.

Er senkte den Kopf und nickte, seine Hände begannen zu flattern.

Warum habe ich damit nur angefangen, dachte sie. Wenn

ich jetzt etwas Falsches sage, mache ich ihn vielleicht ganz traurig oder verstöre ihn sogar.

Aber als sie sah, dass Donatus nun sein Kinn hob und sie offen und aufmerksam ansah, wusste sie, dass es nun kein Zurück mehr gab.

„Ich denke mir, es war ein Unfall, der Ihr Leben verändert hat. Wahrscheinlich waren Sie noch ein Kind und sind vielleicht beim Sportunterricht verunglückt. Sie sind wohl auf Ihren Kopf gefallen."

„Ja, das stimmt. Auf meinen Kopf.", sagte Donatus leise. Doch dann lachte er plötzlich und rief vergnügt: „Aber dass ich noch ein Kind war, stimmt nicht, und dass es beim Sportunterricht war, ist auch falsch. Ha, jetzt haben Sie sich zweimal vertan!"

Sie zuckte mit den Schultern. „Ja, ja, so etwas passiert schon mal, wenn man Geschichten erfindet."

Plötzlich hielt Donatus inne, er begann zu grübeln. „Aber vielleicht haben Sie doch recht. Denn was mein Vater sagt und einige hier im Ort, das kann ich nicht glauben. Wissen Sie, was die mir erzählen wollen? Die sagen", und hier kicherte Donatus, „die sagen, ich wäre beim Militär gewesen. Ich, der ich diese langweilige Militärkleidung doch so hasse. Aber es wird noch viel komischer. Die sagen, ich wäre aus einem Helikopter gesprungen, aber der Fallschirm hätte sich zu spät geöffnet, und da wäre ich mit dem Kopf zuerst gelandet. Was sagen Sie nun?"

„Was soll ich dazu sagen. Wenn Ihnen das Ihr Vater sagt, muss es wohl stimmen."

„Falsch! Ich kann mich nämlich gar nicht erinnern. Ich glaube es auch nicht, denn ich würde nie, nie, nie in einen Helikopter steigen – und dann auch noch rausspringen. So ein Blödsinn."

Nach einer Weile sagte er: „Erzählen Sie mir bitte, wie es beim Turnen passiert ist."

Die Frau erinnerte sich und erzählte es ihm, obwohl ihr dabei nicht wohl war.

Nachdem er lange genug über diese Version nachgedacht hatte, rief er: „Und was wissen Sie von meiner Mutter?"

Er betrachtete sie mit schelmischem Blick.

„Von ihr haben Sie nämlich noch nicht gesprochen."

Über die Mutter wollte die Frau eigentlich gar nichts sagen, die Unterhaltung wurde ihr langsam unheimlich, obwohl sie sich andererseits dem Reiz nicht entziehen konnte.

Aber was sollte sie sagen? Sie konnte ihm doch nicht erzählen, dass in ihrer Geschichte die Mutter früh gestorben war.

Aber jetzt half kein Kneifen, deshalb sagte sie forsch: „Ihre Mutter ist früh aus Ihrem Leben verschwunden."

Sie schaute ihn an.

„Weiter!"

„Sie ist eine Frau aus gutem Hause, aber leider schon immer etwas kränkelnd. Doch dann, wenn es ihr etwas besser ging, hat sie sich, als Sie noch klein waren, liebevoll um Sie gekümmert."

Die Frau machte eine Pause.

„Lebt Ihre Mutter denn noch?"

Donatus rutschte inzwischen auf seinem Stuhl hin und her. Einen Handwärmer hatte er ausgezogen und ihn in seinen Mund gestopft, um nicht laut loszuprusten. Sein Gesicht war knallrot, über seine Wangen liefen Lachtränen.

„Was ist los?" rief die Frau entsetzt.

Er zog den Handwärmer aus dem Mund und schüttelte sich vor Lachen.

„Tot! Krank! Meine Mutter!" Er lachte weiter, so laut,

dass Hugo, der alte Hund, vor ihm stehen blieb und ihn misstrauisch anblinzelte.

„Aus gutem Hause, liebevoll – alles falsch! Sie haben etwas falsch erzählt, Sie haben verloren, ich habe gewonnen!" Voller Freude klatschte er in die Hände.

„Donatus", lachte die Frau. „Wir haben doch nicht gewettet. Wir spielen auch kein Spiel mit Gewinnern und Verlierern. Ich erzähle nur eine Geschichte." Donatus blickte erstaunt, dann nickte er: „Das stimmt."

Er wurde ruhiger. Die Frau sah ihn erwartungsvoll an.

„Mein Vater sagt immer, dass meine Mutter aus dem letzten italienischen Kuhdorf kam, ohne Geld, ohne alles. Und sie könnte zufrieden sein, ihn getroffen zu haben. Er sagt auch immer, dass sie arbeiten kann wie ein Pferd und dass es schade ist, dass sie uns verlassen hat, denn sie hat unser Haus immer tipptopp sauber gemacht."

Er zischte wütend: „Und das muss ich jetzt immer machen."

Doch dann siegte sein Wunsch weiterzuerzählen.

„Aber es war ihr wohl bei uns zu langweilig. Mein Vater ist doch immer unterwegs, und ich war noch klein. Früher hat sie ab und zu mit mir gespielt, aber ob sie liebevoll war, weiß ich nicht mehr. Manchmal kommt sie mich besuchen. Sie schenkt mir dann immer etwas Geld und meinen Lieblingskuchen. Aber ich glaube, sie ist jedes Mal froh, wenn sie wieder gehen kann. Sie kann mit mir nichts anfangen. Ich mit ihr aber auch nicht. Sie kann nie ruhig sitzen, immer muss sie etwas tun. Immer muss sie sich bewegen. Sie läuft und läuft. Wenn sie nicht durchs Haus läuft und putzt und aufräumt oder durch den Supermarkt läuft, in dem sie Filialleiterin ist, dann läuft sie Marathon. Sie ist schon in vielen großen Städten der Welt gelaufen. Und zweimal hat sie so einen langen Lauf durch die Wüste mitgemacht, wo man seine Nahrung und sein Wasser mitschleppen muss. Nachher sind ihre Füße immer ganz kaputt, aber sie sagt, dass ihr das alles großen Spaß macht. Verstehe einer die Frauen, sagt mein Papa dann immer."

Donatus stutzte. „Aber vielleicht kam sie gar nicht arm aus Italien. Denn wenn man bis in die Wüste reisen kann, muss man viel Geld haben. Ich werde sie beim nächsten Mal, wenn sie kommt, fragen."

Donatus versank in sich, und auch die Frau saß ganz ruhig und konnte es nicht fassen, in welcher Situation sie sich befand. Noch weniger verstand sie, wieso sie sich selbst in diese Situation gebracht hatte.

Inzwischen waren die ersten Touristen gekommen und ließen sich an den Tischen vor der Bar nieder.

Auch einige von Donatus' Freunden waren an den beiden vorübergegangen und hatten verwundert geschaut, mit wem Jean-Claude zusammensaß und sich angeregt unterhielt. Donatus sah sie nicht.

„Was machen Sie eigentlich beruflich? Sind Sie Musiker?"

„Sie haben es gemerkt"; flüsterte er erfreut, strahlte sie an und ergriff ihre Hand. „Wie finden Sie meine Musik?" Ihr brach der Schweiß aus. Wie konnte sie nur nach seinem Beruf fragen! Jetzt musste sie irgendetwas über seine Musik sagen.

Aus seinem Verhalten schloss sie, dass die Musik sein zentraler Lebensinhalt war, der ihm bestimmt auch half, sein Alleinsein zu ertragen. Wenn sie ihn aber nur lobte und bestätigte, würde er sie und alle Gäste der Bar ohne Ende mit seiner schrillen Musik nerven.

Wenn sie aber zu kritisch wäre, würde sie ihm vielleicht das Wichtigste in seinem Leben zerstören. Dazu hatte sie keinerlei Recht.

Deshalb sagte sie: „Ich weiß, dass Sie ein großer Künstler sind. Aber ich habe den Eindruck, dass Sie hier auf dem Platz bei weitem nicht so gut spielen, wie Sie es eigentlich können." „Ich habe mir alles selbst beigebracht. Und habe ich nicht wunderschöne Instrumente? Wer hat schon so eine lange Flöte wie ich? Und meine Gitarre ist aus echtem Holz."

„Warum hat Ihre Gitarre denn nur eine Saite?" unterbrach ihn die Frau.

„Wissen Sie das nicht? Wenn man nur eine Saite hat, klingt der Ton klarer; man hört dann besser den einzelnen Ton."

Bevor die Frau etwas dazu sagen konnte, setzte er schnell hinzu: „Haben Sie schon mein Akkordeon gesehen? Es ist zwar schon sehr alt, aber es spielt noch wunderschön."

Er verstummte, die Frau sah ihn erstaunt an und fragte nach einiger Zeit: „Warum erzählen Sie nicht weiter?"

„Warum meinen Sie, dass ich hier schlechter spiele als bei mir zu Hause? Ich spiele hier doch zur Freude aller", setzte er dann pathetisch und leicht verärgert hinzu.

„Lassen Sie es mich erklären. Sie spielen hier nicht so gut, weil es gute Gründe dafür gibt, Stellen Sie sich doch einmal vor, Sie würden hier so gut wie zu Hause spielen. Dann würden Ihre Freunde und alle Leute hier wünschen, dass Sie den ganzen Tag vorspielen sollen. Das wäre doch schrecklich für Sie. Sie könnten sich nicht mehr in Ruhe unterhalten, kein Glas Wein mehr in der Bar trinken, Sie hätten keine Zeit mehr, sich um Ihre außergewöhnliche Kleidung zu kümmern, und was das Schlimmste ist: Wann würden Sie denn auf Ihren Instrumenten neue Lieder einüben?"

Sie schwieg, Donatus ebenfalls. Endlich nickt er: „Sie haben recht. Wenn ich mir das so überlege ... Wirklich, Sie haben recht. Das wäre ja ganz schlimm, wenn ich mich um die anderen wichtigen Dinge nicht mehr kümmern könnte."

Es folgte eine kleine Pause.

„Ich habe hier schlechter gespielt, als ich eigentlich kann! Stellen Sie sich vor, ich habe es getan, aber ich habe es nicht gemerkt. Ich bin ein berühmter Künstler, aber es soll keiner wissen, sonst sind die anderen traurig, weil sie nicht so gut sind. Danke, dass Sie mir das erklärt haben."

Zwar zweifelte die Frau, ob sie das, was sie gesagt hatte, hätte sagen sollen, aber Donatus schien zufrieden und schaute glücklich vor sich hin.

Jetzt beugte er sich ganz weit vor und flüsterte ihr verschwörerisch zu: „Nur wir beide wissen, wie gut ich spielen kann. Aber verraten Sie es bitte nicht."

Sie versprach, es nie zu tun.

Donatus schaute auf seine überdimensionierte Armbanduhr. „Oh, ich muss nach Hause. Heute Abend kommt mein Vater wieder, und ich muss noch etwas aufräumen."

„Darf ich Ihren Kaffee zahlen? Denn ich möchte mich bei Ihnen für diese interessante Unterhaltung bedanken", sagte die Frau.

„Ich möchte mich auch bei Ihnen bedanken", sagte Donatus und ergriff aufs Neue ihre Hand.

„Noch einmal: Vielen Dank! Jetzt kenne ich mich viel besser, Sie haben mir eine ganz neue Seite von mir gezeigt."

Er erhob sich, wollte gerade gehen, als er sich noch einmal zu der Frau umdrehte und sie leise fragte: „Soll ich Ihnen einen Witz erzählen?"

„Nein", dankte sie freundlich. „Den kenne ich schon."